러프 컨셉 단계

후면

유저 메이드 양산형 골렘

유물조합 골렘의 성능을 최초로 넘어선 독일 E&T의 걸작,
'팬저(Panther)' 다.
상기 기체는 '발지전대' 의 고유 도장을 한 팬저다.

권경욱 게임 판타지 소설

기갑
전기 매서커

GAME FANTASY STORY

기갑전기 매서커 3

권경목 게임 판타지 소설

초판 1쇄 찍은 날 § 2008년 5월 22일
초판 2쇄 펴낸 날 § 2008년 11월 10일

지은이 § 권경목
펴낸이 § 서경석

편집장 § 문혜영
편집책임 § 문정흠

펴낸곳 § 도서출판 청어람
등록번호 § 제1081-1-89호
등록일자 § 1999. 5. 31
어람번호 § 제1-0969호

주소 § 경기도 부천시 원미구 심곡동 163-2 서경B/D 3F (우) 420-010
전화 § 032-656-4452 팩스 § 032-656-4453
http://www.chungeoram.com
E-mail § eoram99@chollian.net

ⓒ 권경목, 2008

ISBN 978-89-251-1327-2 04810
ISBN 978-89-251-1285-5 (세트)

신경목 게임 판타지 소설

기갑 전기 매셔커

GAME FANTASY STORY

트라이엄프 편

Contents

機甲戰記
Massacre
기갑전기 매서커

월드컵 조별 예선, 대한민국 대 미국, 2:2!

　방송 하단에 한 줄 자막으로만 우에서 좌로 주르르륵 지나
갔다. 골이 들어가는 통쾌한 그림은 어디에도 나오지 않았
다.

　모든 방송 화면이 온통 거친 강철거인들의 몸싸움과 현란
한 개인기로 가득 차 있을 따름.

　이어 자신들이 뭘 하는지 모르는 전문가들이 우르르 등장
해 가상 세계에서 일궈낸 한국의 승리를 입에 거품을 물고 떠
벌리기 바빴다.

그랬다.

공중파와 유력 인터넷 방송 전부가 게임 방송으로 변해 E&T상의 국가 대항전을 더 비중있게 다루고 있었다.

대항전, 전쟁, 전투… 그리고 승리!!

밤이 새도록, 그리고 하루 온종일.

이겼기에, 그 미국을……

그중 압권은 당연히 한 기의 솔져 골렘이 펼치는 압도적인 개인기. 그 골렘의 오너가 '매서커'라는 것만 현재 알려진 상태.

매서커, 미국전을 승리로 이끈 진정한 승자였다.

대항전의 주관사인 E&T 방송은 신이 났다. 이건 대박이다!

무려 두 시간에 가까운 풀버전 동영상, 그 대항전 녹화 영상을 정식 다운 받은 유저 수가 국내에서만 구십만을 넘어 백만을 향해 달려가고 있었다. 다양한 버전이 공개되면 될수록 다운로드 횟수는 쉼없이 꾸준히 오르고 있다.

차가운 대한민국… 서서히 뜨거워지려 했다.

그리고 그게 다가 아니다.

해외 유저까지 광분해 한국 대 미국전 방송을 다운 받아 가기 바빴다. 해외 다운로드 삼백만 돌파가 눈앞에 있었다.

그것도 하루 만에 일어난 전무후무한 대사건!

이런 해외의 반응은 쉽사리 식을 것 같지 않았다. 주요 해외 공중파에서 주요 시간 3분 컷으로 한국 대 미국전 동영상을 소개하고 있기에 자연스러운 광고가 이루어지고 있는 것이다.

그래서인가, E&T 방송은 하루 온종일 축제 분위기다. 다양한 각도에서 촬영한 버전이 재탕, 삼탕 방영해도 시청자들의 반응은 '더더, 좀 더'였다.

지금도 그렇다. 화면 내용만 바뀌었지 하루 전에 승리한 미국전에 관한 특별 방송이다.

가슴골이 깊이 파인 그리스 여사 제복을 걸친 여성 캐스터가 큰 동작을 선보이며 방송을 진행하고 있다.

—안녕하세요, E&T 유저 여러분. 담비입니다. 하루 동안 설 애타게 기다리셨죠? 저도 유저 여러분을 만나뵙고 싶어 엄청 혼났어요. 헤헤, 바로 제 손에 정답이 있기 때문입니다. 짠!

담비라는 여성 캐스터가 엽서 크기의 집계표를 흔들며 시청자들의 궁금증을 자아냈다.

—예, 그렇습니다. 퀴즈의 정답을 발표할 시간입니다. 하루 동안 총 팔십팔만 명의 유저 분들이 응모해 주셨습니다. 와우—! 퀴즈의 내용은… 기억하시죠?

눈을 둥그렇게 뜨고 다시금 뜸을 들이는 담비.

—예, 바로 전장에 홀연히 나타나 미국 측을 쓸어버린 골렘

오너 '매서커'의 전적이 정확하게 몇 기일까, 였습니다. 오로지 완파만 헤아리셔야 되는 거였죠. 아우, 눈이야. 왜냐고요? 저 담비도 방송을 다운 받아 하루 종일 헤아렸으니까요.

담비는 피곤한 듯이 눈두덩이를 비벼대는 시늉을 하곤,

—저처럼 방송을 다운 받으신 분들이 가장 정답에 근사하게 접근하셨을 거예요. 자, 그럼 정답 나갑니다. 두둥—!! 총 36대의 카메라로 입체적으로 분석한 결과입니다. 같이 확인해 봅시다.

담비는 매서커가 올린 전적을 시간대 별로 굵직굵직하게 나열했다.

아머드 스와트 11기, 전부 솔져 급.

일차 집단전에서 6기, 나이트 급 2기, 솔져 급 4기.

충차전대 4기, 전부 신형 나이트 골렘인 '록키'.

추격전에서 2기, 나이트 급 2기.

매서커라는 골렘 오너는 미국전에서 총 23기의 강철거인을 대파시킨 것이다. 이 전적은 E&T를 통틀어 독보적일 수밖에 없다.

담비는 눈을 퉁방울만 하게 뜨고 놀랍다는 표정을 지으며 가느다란 손가락을 접어 집계를 마무리했다.

—총 23기의 골렘을 매서커님의 '작은 학살자'가 대파시켰습니다. 그럼 정답은 23기입니다, 23기!! 정답을 맞추신 유저 분 천 명을 선정해 E&T 최고급 유료 던전 무료 이용권을

전송해 드립니다. 그리고 게임 영상 다운로드 3시간 이용권을 드립니다. 어떻습니까? 저희 E&T, 쏠 때는 화끈하게 쏘죠? 이벤트는 이제부터 시작입니다. 시선 고정―!

이어지는 미국전에 있었던 짤막짤막한 애피소드가 관련 그림과 함께 설명되었다. 매서커의 활약에 가려졌던 거대 길드 소속 스타 급 골렘 오너들의 활약을 담은 그림들이다.

방송을 진행하는 담비가 대단하다는 감탄사를 연발했지만 유저들의 눈은 높아질 대로 높아진 뒤라 조회수가 주르륵 미끄러져 내려갔다.

대신 비아냥대는 댓글이 실시간으로 빈자리를 채웠다.

우우― 뭐 하나?! 한참 뒤에 숨어 있다 도망가는 놈 두들겨 잡는 게 스타야?

집어 치워라!! 끼워 팔기 하려면 해적 방송 보겠다.

길드 소속 오너들, 거만하기만 하지 걸음은 제대로 걷나?

흉아들, 골렘에 부착된 카메라로 녹화한 해적 방송본 있어요. 채널은 @@입니다. 해적 방송이라 한 시간 뒤에 없어집니다. 빨리 다운로드 거세요.

화면은 흔들려도 박진감이 더 있어요. 매서커 등장, 편집 압축본도 있어요.

담비의 인상이 댓글에 따라 구겨졌다 파래졌다를 반복했다.

지오는 채널을 돌렸다.

"허— 댓글에 민감하긴… 2년이 지나도 저 누님은 속내가 여전히 빤히 보여. 하긴 그 매력에 메인으로 발탁되었지. '방송 사고 유발녀' 담비, 후후."

혼잣말을 하며 자신이 계약한 UCC방송 채널을 한참 만에야 찾았다. 인기없는 구석진 UCC방송이지만 수익 분배율은 자신에게 절대적으로 유리한 채널이다.

"시시하게 하루 종일 같은 장면만 틀더니 이제는 집계도 엉터리로 하네. 정확히 25기야, 25기. 그럼 이제 편집한 UCC를 뿌려보실까. '매서커 일인칭 시점본' 이라… 후후."

물론 지금 자신이 올리는 UCC는 다운 조회수로 수익이 발생하게끔 되어 있다. 이를 위해 하루 종일 편집에 매달렸다.

그렇게 50분짜리 알토란 같은 일인칭 시점본이 탄생되었다.

"50분에 50원이니까… 하루에 일만만 퍼가라. 더 보면 더 좋고… 그 정돈 수고했잖아."

여전히 자신의 위업을 과소평가하는 지오.

매서커 일인칭 시점본은 해외로 퍼나른 것까지 하루 만에 일백만 조회수를 돌파했다.

단 하루, 세계가 하나임이 증명되기까지 걸린 시간이다.

*   *   *

이틀 후, 패권의 평원.

한국과 아르헨티나의 강철거인들이 양쪽으로 포진한 채 전투 개시 시간을 헤아리고 있다. 고요함 속에 아르헨티나 진영이 위축되어 있음이 선명하게 드러났다.

늑대 피하려다 호랑이 만난 꼴이라서.

일차전에서 아르헨티나는 독일을 상대로 고의적인 패배를 택했다.

800기의 골렘을 동원한 독일에게 고작 10기의 골렘을 출전시킨 것이다. 그렇게 아르헨티나는 패배는 했지만 보유 전력을 온전히 건사했다.

이는 이차전 상대인 한국이 미국에 패해 만신창이일 것이라 예상한 선택.

그런데 이게 어떻게 된 것인가!

한국 진영에 도열한 골렘 전력이 예사롭지 않다.

게다 투기가 물컹 뿜어져 나오는 게 먹잇감을 노리는 야수의 그것과 같다.

아르헨티나는 한국이 미국을 이긴 것을 안다. 그러면서도 쾌재를 불렀다. 한국 측이 600기의 골렘으로 1,200기가 되는 미국 측 골렘을 추격하면서 벌인 난전에서 300여 기나 되는 골렘들이 반파된 것을 그림으로 확인했다.

이틀 만에 수리 가능한 골렘은 50여 기가 채 안 된다는 계산이 나왔다.

그 점을 근거로 한국 측이 이틀 만에 반파된 골렘과 완파된 골렘을 제외하고 예비 기체를 투입한다 해도 최대 500여 기만이 출전할 수 있다는 게 아르헨티나 측의 생각이었다.

그러나 한국은 무려 800여 기나 되는 골렘을 동원해 이차전에 나온 것이다.

800기!

이럴 수가!!

아르헨티나, 자원 부국으로 세계 경제 10강에 올라 삼백만에 달하는 E&T 유저를 거느리고 있다. 아르헨티나에서 E&T는 신흥 중산층의 상징인 게임이기에 유저들의 역량도 뛰어나다.

E—스포츠 역사는 짧지만 결코 호락호락한 상대가 아닌 것이다. 그렇기에 미국을 상대로 만신창이가 된 E—스포츠의 종주국인 한국을 도모할 생각을 한 것이다.

그런데 800기라니… 그에 비해 아르헨티나는 500여 기의 골렘을 동원해 놓고 있다.

아르헨티나의 골렘 오너들은 전부 기권하고 싶은 심정이다. 기권패라도 하고 싶은 심정이지만 이건 스포츠가 아니라 스포츠를 가장한 전쟁!

기권패는 있을 수 없다. 전쟁에 기권이 어디 있나.

전쟁을 포기하는 순간, 지금 전장에 도열한 모든 아르헨티나의 골렘은 상대국에 전부 이양된다. 강철거인은 골렘 오너에게 있어 현실의 자동차 다음 가는 개인 재산이다.

있을 수 없는 일이다.

아르헨티나는 한국을 상대로 싸워 자신의 골렘을 지키는 수밖에 없는 것이다.

그랬기에 아르헨티나 골렘 오너들은 머릿속엔 단 한 단어만이 가득 찼다.

망할—!!

아르헨티나에 비해 한국은 그 나름의 고민에 빠져 있다.

"우리 B군단을 최전선에 배치해 달란 말이오!"

"무슨 소리, 우리 A군단이 이번에야말로 최전선에 배치되어야 할 차례."

"어허, 왜들 이러시나. D군단은 포진을 마쳤소이다."

"누구 마음대로—!"

왁왁—! 시장통 악다귀가 지휘부 군막을 뒤덮었다.

거대 길드의 최고 운영위원으로 조직된 한국 측 지휘부는 서로 자신의 군단을 최전선에 배치해 달라는 군단장들의 성화에 몸살을 앓고 있는 것이다.

그렇다.

아르헨티나… 차려놓은 밥상이라 이거다.

거대 길드로선 이번에 크게 전리품을 챙기고 싶은 것이다.

지휘부의 위신은 미국전을 계기로 그 권위가 추락한 상태지만 이런 군단장들의 요구에 묵묵부답이었다.

자신들의 길드가 포함되어 있으니 그럴밖에. 사나운 눈초리가 모이자 마지못해,

"추첨을 하는 게……."

해결 방법은 제비뽑기밖에 남지 않은 분위기로 흘러갔다.

전쟁을 제비뽑기로 한다?

우스운 일이다.

그렇게 포진을 놓고 아무도 선뜻 결정을 내리지 못한 채 시간이 흘렀다.

지휘부 운영위원들이 침묵을 지키는 일인에게 이쯤에서 한마디 해야 되는 것 아니냐는 듯이 눈으로 물어왔다.

물론 원하는 답이야 제비뽑기로 정하는 것을 그도 찬동하는 바이지만.

자연 군막의 모든 시선이 그 일인에게 몰렸고, 듣고만 있던 일인의 굳은 입이 드디어 열렸다.

"포진은 미국전과 같은 쇄기 대형으로, 쇄기의 선두와 중심축에 지원하고자 하는 군단은 다음 독일전에서도 같은 위치를 고수해야 합니다. 노 리스크, 노 게인. 당연한 거 아닌가

요? 제 생각은 그렇습니다."

"……!!"

악귀처럼 떠들던 각 군단장들의 눈들이 커다랗게 떠짐과 동시에 찢어져라 입을 벌렸다.

독일전에 선두에 서?!

유력한 우승 후보인 그 무적의 중장기갑군단을 정면으로 떠안으라는 말.

이는 있을 수 없는 제안!

하나 장내는 조용할 따름이다.

지휘부 운영위원의 의견이면 당연히 반박하며 악다구니를 썼을 테지만 지금의 상대는 레벨이 달랐다.

그가 드리운 그늘은 '골렘 운용 전술' 상담역으로 참여했음에도 지휘부 누구와도 비교할 수 없을 정도로 짙고 깊었다.

과연 누구이기에 오만 덩어리인 거대 길드 출신 군단장들을 침묵에 들게 한단 말인가?!

발언의 주인공이 과연 누구이기에…….

그……?

그다, 매서커!

매서커.

한 기로 25기의 골렘을 처치한 미국전의 영웅!

이 한 사람의 발언. 비중은 그래서 크다.

찌그러졌다는 게 맞다.

포진이 마무리되자 지오는 M군단에 복귀하기 위해 지휘부를 나섰다. 그러면서 낮게 뇌까렸다.

"…공짜란 없다니까."

하지만 공짜는 좋아한다.

전술 운영 상담역을 맡으면 한국에서 자체 개발한 나이트 골렘 한 기를 무상으로 준다기에 지휘부의 요청에 응했다. 지휘부의 위신을 높이려는 속셈이 빤하게 보여도 컬렉션에 최신 기종 한 기를 채워 넣는다는 심정으로 지휘부 회의에 건성으로 참여했다. 더불어 계속해서 같이 싸울 전우인 M군단장의 얼굴을 세워줄 필요도 있어서다.

참여하고 보니 이전투구의 각축장.

개인 참여자들에 대해서 '네버 안중'임을 확인할 수 있었다.

기어이 한마디 하고 말았다.

'이후 귀찮아지겠지만, 말이 안 되는 건 말이 안 되는 거야.'

지오의 씁쓸한 심정과는 달리 뒤를 따르는 M군단장의 어깨에는 각이 넘쳤다. 그는 그 자리에서 아무 말도 하지 못했지만 지오의 말 한마디에 모든 상황이 정리되자 군단장으로서 체면이 살아서다.

체면?

별거 아니다.

자신의 군단에 참여한 단원들에게 먹음직스런 먹잇감을 먹게 해주는 것으로 된 거다.

지오를 뒤따르는 군단장의 발걸음이 전장을 향하면서도 가벼운 이유다.

M군단장이 지오의 높은 어깨 선을 바라보는 눈에 존경이 서서히 자리 잡아가기 시작했다.

그리고 지오가 한 말을 되뇌었다.

"노 리스크, 노 게인!"

*　　　*　　　*

"가! 꺼시라고!!"

"……."

"미국전에 나오지 않은 놈들은 모두 꺼지란 말야—! 너희들 같은 비겁자는 동료가 아냐! M군단에 필요없어!!"

"……."

M16의 질책이 날카로웠다.

이에 처음 보는 20여 명이나 되는 골렘 오너들은 딴청을 피우거나 M16이 뿌려대는 매서운 시선을 회피하기 바빴다.

M16이 이들에게 화를 내는 것은 당연했다.

60명이나 되는 M군단원 중에 미국전에 참여한 것은 40여기가 다였다. 20여 명의 골렘 오너는 자신들의 골렘을 지키기 위해 참전하지 않았다. 그런 그들이 지금 만만한 먹잇감인 아르헨티나를 노리고 얼굴을 들이민 것이었으니.

"염치도 없단 말이지."

"어허, 말이 심하시네. 우리도 우리 나름대로 사정이 있었다니까."

"오호라, 20명이 단체로 감기몸살이었다?! 비겁한 바이러스 옮기지 말고 집에나 돌아가시지. 그 귀하신 '나이트 골렘'은 이불로 덮어두던가."

"뭐야, 이 여자가!"

"좋아, 덤벼봐!! 미국 놈들처럼 발라 버릴 테니까."

"…허. 뭐, 이런."

M군단은 나무라는 쪽과 이를 무시하고 엉덩이를 들이미는 쪽으로 나뉘어져 있었다.

아르헨티나전에 참전한 M군단의 골렘 수는 현재 대파되거나 수리 중인 기체를 제외하면 현재 25기가 출전한 상태로, 충원이 심각히 필요한 상태인 건 맞다. 하나 비겁자들을 받아들이자니 심정적으로 용납이 안 되는 것이다.

시간이 지날수록 두 패 간의 반목은 커져만 갔고, 이대로는 전쟁도 하기 전에 같은 편끼리 패싸움이 먼저 벌어질 그림.

이는 비단 M군단만의 문제가 아니었다. 포진이 제대로 이루어지지 않은 채 참가자와 불참자 간의 설전이 주먹다짐으로 번진 곳이 허다했다.

　마침 그때 작전 회의를 마치고 돌아온 군단장에게 중재의 시선이 모아졌다.

　난감한 M군단장.

　M군단장은 지휘자라기보단 중재자에 더 가까운 위치에 있었다. 합동 훈련까지는 참가자들의 양보를 이끌어내며 이런 처세술이 잘 통했다.

　그러나… 지금은 웃고 떠들 수 있었던 훈련이 아니다.

　무언의 압박이 길어지자 M군단장은 도움을 구하는 간절한 눈빛으로 지오를 바라보았다.

　'뭐야? 나보고 교통정리를 또 하라고?! 군단장은 당신이라고!!'

　하나 시간이 촉박했기에.

　"불참자들은 선두 열과 제이열에 서십시오. 자신들이 비겁자가 아님을 증명하십시오."

　"……?!"

　지오의 지시에 불참자로 지목당한 골렘 오너 중 한 명이 불쾌한 어투로 으르렁거렸다.

　"당신이 뭔데 우리보고 선두에 서라 마라 하는 거야? 보아 하니 보충병 같은데. 신참자 주제에 열이라도 맞출 줄 알아?!"

　그는 조금 전 M16과 설전을 벌이던 불참자들의 리더로,

'나이트 골렘'을 보유해서 은연중 솔져 급 골렘을 소유한 유저들을 깔보았다. 게다 20인의 불참자가 모이니 제법 무리가 된다 생각하는지 행동에 뻔뻔함이 넘쳤다.

지오는 한 발 앞으로 나서서 20인의 무리 앞에 당당히 섰다. 그리고 불참자들을 쓰윽하고 한번에 눈을 맞추었다.

찔끔.

지오의 당당함에 20인의 불참자 무리들은 너나 할 것 없이 움찔 물러났다.

20명이 약속이나 한 듯이 물러서게 만들다니…….

가상 세계에서 일어나기엔 믿기지 않는 존재감의 표출이다.

지오의 꽉 다문 입에서 느리게 저음이 흘러나왔다.

"신참이지만 용감한 동료와 함께 열은 맞출 줄 압니다."

"…뭐, 뭐?!"

"혼자 비겁하면 부끄러운 것이지만, 같이 비겁하면 뻔뻔해질 수 있다는 겁니까? 자신이 비겁자가 아니라면 선두에 서십시오!"

"…뭐, 뭐라고?! 도대체 당신 뭐야?"

'뭐야? 으스스하잖아.'

불참자들의 리더가 밀리지 않으려고 언성을 높였지만 말끝이 지오의 차가운 눈빛에 눌려 떨렸다. 가상 공간 안에서 자신의 존재감을 이렇게 드러낼 유저가 있으리라고는 상상도 못할 일이었다.

이런 인물은 현실에서의 모습도 마찬가지.

"전 M군단의 군단병인 M17입니다. 불참자들을 대신해 용감한 이들과 함께 미국전에 참전했습니다."

"…M17. 응?! 그 M17이면… 앗!!"

"매서커다!!"

불참자들의 입에서 동시에 터진 외침.

매서커!

"……."

매서커가 이 청년이었다니.

장내는 싸한 침묵에 잠겼다.

이틀간 매서커의 이름은 방송을 도배하다시피 했다.

다들 손가락 열두 개에 팔이 네 개라고 생각했는데, 직접 보니 단지 비범하다는 느낌이 강렬한 청년일 뿐이었다.

덧붙이자면 눈빛만큼은 당당함이 넘쳤고, 그 눈빛이 무리를 앞도했다.

지금 당장 불참자들을 베어버릴 것 같은 느낌.

그래서인가.

불만을 노골적으로 드러내던 불참자의 대표가 얼굴이 벌게져 고개를 숙였다. 다른 불참자들도 낯을 들지 못해 고개를 돌리기 바빴고, 이어 다들 천천히 고개를 끄덕였다.

그렇게 불참자들이 선두 열에 서기로 결정되었다.

이에 M군단장은 불참자들의 배치 요령을 다른 군단에 재빨리 알렸다.

M군단의 불참자들이 매서커의 지시를 받아들여 선두 열을 지키기로 결정했습니다.

각 군단에서 웅성웅성 일어나던 소요가 그제야 잠잠해지며 포진이 정상적으로 이루어지기 시작했다.
한국의 조직력이 다시금 제자리를 찾았다.
이 역시 지오의 말 한마디가 이룬 결과.

                    *   *   *

아르헨티나 진영.
이기려는 전쟁이 아니다. 지키려는 전쟁!
오로지 이 하나의 목표로 뭉쳤다.
아르헨티나 유저들은 제2의 재산을 걸고 참여한 전쟁인 터라 모든 가상 자원을 쏟아 부어 방어진을 구축했다.
그들의 3차전 상대인 미국을 상대로 채택한 전술을 한국을 상대로 펼칠 수밖에 없었다.
그들이 구축한 포진은 육각형을 기본으로 한 벌집 모양 대형 중심의 방어진이다.

골렘 124대로 구성된 정육각형 벌집 대형 4개.

선두 열에 배치된 골렘들 전원이 날렵한 형태의 방패를 양 팔에 각각 부착하고 있었다. 방패는 특이했다. 양팔을 가슴으로 당기면 완벽하게 상체가 가려졌고, 펼치면 무기를 휘두르기에 전혀 지장이 없는 모양과 크기.

그런 아르헨티나의 벌집 진영을 향해 수개의 장방형 무리가 감싸듯이 접근해 격돌했다.

쇠와 쇠가 마찰하며 불꽃이 튀었고, 둔중한 마찰음이 천둥치듯이 공간을 갈랐으며, 뿌연 먼지가 전장을 뒤덮었다.

첫 대격돌의 충격파가 잦아든 전장은 진형과 진형 간의 균형이 절묘하게 이루어진 채 유지되었다.

아르헨티나는 한국에게 완벽하게 포위당했다.

그러나 아르헨티나의 대형 그 어디에도 균열은 없었고, 균열의 조짐도 찾을 수가 없었다.

벌집 구조 대형의 견고함이 최고임을 드러난 순간.

자신만만하게 공세적인 한국에 비해 수비하는 아르헨티나는 한숨을 돌렸다.

이제 이 상태에서 시간만 보낸다면 전쟁에서는 패할지라도 자신들의 재산 상당 부분은 건지는 것이다. 비기는 것도 가능하다.

이제 초조해진 쪽은 한국.

이번만큼은 한국 지휘부의 움직임이 바쁘게 돌아갔다.

군단을 뒤로 물린 후 재돌진하는 식으로 공격하도록 독려했다.

그런 식으로 아르헨티나 대형에 피로도를 주려고 노력했지만 빈틈은 쉽사리 드러나지 않았다.

오히려 시간이 지날수록 골렘 기동 시간이 대폭 줄어들며 피로도는 한국 측에 더 많이 쌓여갔다.

M군단이라고 예외는 없었다.

M군단의 경우 전투 개시 후 무려 8차례에 걸친 거친 돌격을 감행한 뒤다. 그렇지만 이 한 시간 동안 들인 공세는 허사였다.

[제길, 뭐 이렇게 단단해?]

[단장, 가동 시간이 20분밖에 남지 않았어. 교대를…….]

[난 30분 정도 버틸 수 있다. 하지만 다시 한차례 충돌하면 10분을 버티지 못할 것 같아.]

선두 열에 배치된 불참자들의 보고는 엄살이 아니었다. 불참자들은 비겁자라는 딱지를 떼려고 최선을 다했다.

그만큼 그들은 혼신을 다해 자신들의 강철거인을 아르헨티나 대형에 내던졌다. 어떻게든지 틈을 키워 파고들려 했지만 벌릴 수가 없었다.

철벽!

축구 경기의 전반전이 끝난 시점에서 한국 측 선두열의 피로도는 엄청났다.

[M0입니다, 대열을 물립니다. 물린 후 대형은 삼각 대형으로 바꿉니다. 삼각점의 꼭짓점은 M17입니다.]

[아!!]

[오―!!]

M군단원들은 피로함을 날려 버리고 빠르게 대형 정비에 들어갔다.

이때까지 돌격의 선봉에 섰던 불참자들은 맨 뒤로 물러나 삼각 진형의 밑변에 도열했다. 그들의 기체는 외장갑이 걸레마냥 찌그러져 너덜거렸다.

이 삼각 대형의 변화는 지오와 군단장이 협의를 끝낸 다음에 내린 결정이었다.

지오는 꼭짓점에 자리하고는 전방의 아르헨티나 진형을 바라보며 거리를 가늠했다.

'아르헨티나 유저들이 부자라더니 정말이군. 제법 고급 나이트 골렘이 많아. 하지만 보기 좋은 육각형 케익이라 이거지.'

지오의 눈빛은 잘 차려진 만찬을 무엇부터 시식할지 고민하는 악동의 눈빛이었다.

현재 전장에 흩어진 카메라 중 절반 이상이 M군단의 움직임을 담고 있는 상황.

이런 M군단의 변화에 다른 군단들도 대형에 변화를 주기 시작했고, 전장 곳곳에서 삼각 대형으로의 전환이 이루어졌다.

이것은 한국 유저들이기에 발휘할 수 있는 단시간의 대형 전환이었다.

각 군단의 삼각 대형 꼭짓점에는 내외 장갑을 충실히 착용한 거체의 나이트 급 골렘들이 자리하였고, 하나같이 넓고 두터운 방패로 상체를 충분히 가렸다.

이렇게 대형 전환을 마친 한국 진영은 M군단의 변화를 지켜보며 대기 상태에 들었다.

전장은 고요했고 폭풍의 핵에 모든 시선이 쏠렸다.

M군단의 꼭짓점, 매서커가 자리한 한 점으로.

[……!!]

그런데… 저건 뭐냐?

M군단의 꼭짓점에 자리한 M17, 바로 매서커의 골렘 모습을 확인하자 너나 할 것 없이 입들이 벌어지고 만다.

어쩌자는 거지?

혹시 미치기라도 한 거 아냐?

약에 취해 플레이를 했다는 소문이 돌던데, 그 말이 사실 아냐?

매서커의 골렘은 미국전에 참전한 솔져 급, 바로 그 골렘이었다. 하나 그것이 문제가 아니다.

등장한 골렘이 가늘고, 약하며, 가벼움이 넘친 외관이기에.

골렘의 뼈대에 얇은 내장갑만 두른 기동성에 주안점을 둔 형태로, 거대 몬스터를 사냥할 때조차 저런 식의 무장은 아슬하고 위태롭다. 하물며 골렘끼리 격돌하는 전쟁에선 두말할 나위 없다.

저 얇은 장갑으로 견고한 중장갑 대형에 부딪치겠다?

그러면 듀얼에 대비한 무장?

이도 말이 안 된다.

매서커가 미국전에서 발휘한 위용을 그들이 모를 리 없다. 그러니 감히 누가 나서 듀얼에 응할 것인가.

명백히 집단 대 집단이 격돌하는 일밖에 없는 상황에서 저런 장갑을 준비했다는 것은 상식 밖.

이게 다가 아니다.

방패도 갖추지 않았다, 대신 폭이 가느다란 5미터 길이의 기형검이 양손에 각각 들려 있다.

검폭이 얼마나 좁은지 창대가 연상될 정도로 좁다. 게다 그 좁은 폭에 얇기는 또 얼마나 얇은지… 기형검은 자신의 길이를 이기지 못하고 축 늘어져 처진 채 흐느적거렸다.

종이검 아냐?

과연 저런 검으로 두터운 장갑을 벨 수 있을까?

불가능!

그리고 전장의 모든 이들이 생각했다.

미쳤다—!

그러나 말리기에는 이미 늦었다.

매서커의 골렘이 낮은 자세로 움직이기 시작한 것이다.

스그긍, 쿵, 쿵—!

종이(?)검을 팔랑거리며 아르헨티나 진형을 향해 크게 내딛었다. 큰 폭으로 내딛는 걸음은 빈약한 무장임에도 중량감이 넘치는 것이 그 특유의 어깨 높이가 낮은 기동이었다.

모든 방송 카메라들이 매서커의 전진을 담기 바빴고, 골렘 오너들 역시 동화율을 분산시켜 가며 하단창을 열어 매서커의 움직임을 생방송으로 지켜보았다. 심지어 적까지⋯⋯.

지오의 전진에 맞추어 M군단이 삼각 대형이 완전히 처진 형태로 그 뒤를 따랐다.

매서커의 뒤를 받치는 두 기의 기체가 특이하다.

각각 오른쪽, 왼쪽 어깨 장갑만 기형적으르 키운 골렘들로, 이 두 기체 역시 방패가 없다.

나이트 급이지만 처음 보는 기체⋯⋯.

아니다!

저 두 기체는 미국이 양산한 '록키'를 장갑만 개조한 것이었다. 이도 놀랍다.

단 이틀 만에 수리와 동시에 어깨 장갑을 새로 부착해 전장에 투입한 것이었으니, M군단을 보조하는 골렘 메이지와 메카닉 메이지들의 정비 능력이 뛰어남을 짐작할 수 있는 대목이다.

또한 독특한 것이, 두터운 중검을 양손에 쥐고 어깨에 걸쳐 멘 무장으로 이 중검의 길이는 무려 6미터에 달했으며 검끝은 뾰족한 부분 없이 뭉툭했다.

기형 방어 장갑에 기형 무기까지 어느 것 하나 집단전에 어울릴 만한 것이 없다. 그렇기에 이 두 기체가 매서커를 백업할 골렘으로 보이진 않았다.

그러나 전장의 모든 관심이 매서커의 움직임에 쏠려 있어서 이를 유심히 눈여겨보는 유저들은 극소수.

지오는 뒤를 받치는 두 명의 골렘 오너에게 근접 통신을 보냈다. 이들 셋만의 통신 채널이 따로 있다.

"가르는 즉시 틈을 벌려야 합니다. 준비되었으면 지금부터 카운트합니다."

두 개의 대답이 통신관을 타고 동시에 울렸다.

대답들이 명쾌했다.

[골든보이, 오~케이―!]

[솔로, 스텐바이.]

이에,

"그럼 갑니다! 쓸어 담아봅시다―!!"

[하하하―!]

[카카카―!]

지오는 그들의 자신 넘치는 웃음이 터지자마자 카운트에 들어갔다.

"5— 4— 3— 2— 1— 0! 하압—!!"

매서커의 골렘이 길쭉하게 바람을 치며 죽죽 뻗어나갔다.

처, 척— 처엉— 츠착!

투학—!!

5에서 시작된 카운트에 따라 매서커 골렘의 움직임이 점점 빨라지더니 1을 헤아리는 순간 이미 적의 대형 코앞에 떨어져 있다.

빠른 주파와 함께 늘어진 종이검을 적을 향해 수평으로 내밀었다. 기체의 진동을 못 이기고 낭창한 쌍검이 연꼬리가 바람 타듯이 요란하게 흔들렸다.

파드드드득—

하나 매서커의 골렘이 적 대형에 도착하는 순간, 이 검이 뻗은 위치는 절묘했으니…….

없다!

검이 사라지고 없다, 어디로?

검은 적 선두 열에서 세 번째 열 골렘까지의 팔꿈치 사이 겨드랑이 틈새로 절묘하게 스며든 것이다. 방패로 가리며 생긴 각진 틈새로 파고들어 간 것이 마치 살모사가 새 둥지를 노리고 스며드는 것과 같은 은밀함이라.

이 쌍검은 마치 독사처럼 골렘들의 여러 부위에 힘 없이 살짝살짝 걸쳐진 상태로, 상대는 자신들의 골렘 겨드랑이에 철 뱀이 기어들어 와 있는지조차 전혀 느끼지 못하고 있었다.

이런 것은 우연히 만들어낼 수 없다.

"시야를 그렇게 가려서야 쓰나. 두 눈을 크게 뜨시라! 후아 앗—!!"

지오는 적 대형 코앞에 떨어지자마자 동화율을 폭주시켰다. 아니, 터뜨렸다!

> 동화율이 급속도로 증가합니다.
> 55퍼센트… 66퍼센트… 77퍼센트… 88퍼센트…….
> 위험, 危險, Warring—!

동화율 30퍼센트에서 98퍼센트까지 순식간에 치고 올라갔다. 바람에 흔들리는 가는 실처럼 스며든 검이 지오의 동화율이 폭주시키자마자 사납게 굳어버렸다.

츠카캭— 츠츳!

검이 상대 골렘의 겨드랑이 깊숙이 잠겨들자마자 일직선으로 사납게 굳더니 검면을 따라 시뻘건 막이 감싸는 게 아닌가.

[……!!]

지오는 쇠 속으로 파고들었다는 느낌이 손에 걸리자마자 두 검을 주저없이 허공에 뿌렸다.

츠카앙—!!!

두 개의 길쭉한 붉은 검이 허공에 잠시 등장했다 곧 사라졌다.

투퉁, 커컹!!

두 검이 지나간 자리 뒤로 골렘의 팔 부위가 후두둑 떨어졌다.

그 낭창한 종이검이 골렘의 뼈대를 자르다니!

누구도 예측하지 못한 전개.

붉은 파괴의 빛을 담았던 기형검은 언제 그런 빛을 담았냐는 듯 낭창하게 변한 상태로 돌아와 있다.

이 연약(?)한 기형검이 이룬 결과는 엄중했다.

1개 열이 아니다.

3개 열이다!!

왼팔과 오른팔이 떨어져 나간 골렘이 각각 3기!

"대파시킨다고 틈이 메워지는 건 아니지."

그랬다.

팔뚝째 잘려 나간 골렘에게선 방패와 비껴든 무기가 사라지며 그만큼의 틈이 생겼다. 매서커의 골렘 각 부위 그 어디에도 부피가 큰 장갑을 착용하지 않았기에 팔이 떨어져 나간 그 틈만으로도 충분했다.

매서커 지오의 골렘이 무너진 틈새로 진입했다.

키리리리릭—

> 경고! 경고!! 순간적으로 동화율이 폭주했습니다. 당신의 건강에 심대한 악영향을 초래할 수 있습니다.

이미 때늦은 경고가 따라붙었다.

"안다고, 알아."

지오는 피식 뇌까리고는 팔이 떨어진 골렘들을 무시하듯이 밀치고 자리를 잡았다.

적 진영의 네 번째 열 앞까지 파고든 것.

낭창한 검이 다시금 뻣뻣하게 세워졌다.

이렇게 되기까지 적들의 대응은 너무 느렸다.

아르헨티나의 유저들은 거체와 거체가 부딪치는 충돌음과 진동이 전해지기만을 기다리고 있었다. 그런데 한 기의 골렘이 3개 열을 비집고 파고들 것이라고는 어느 누구도 짐작 못 했다.

먹음직한 적이 한상 가득이다. 그런데,

> 동화율의 폭주로 마나 펌프가 역류하기 시작했습니다.

> 마나 컨트롤러에 오작동 우려가 있습니다.

"빌어먹을 동화율, 이게 바로 솔져 골렘의 한계인가. 그럼……"

지오는 동화율을 염두에 두어야 하였기에 스킬을 발동했다.

"철의 폭풍—!!"

츄에에에엑— 츠파—핫!

매서커의 골렘이 다리 축을 교차하며 빠르게 몸체로 회전하자 은막의 회오리가 몰아쳤다.

폭풍 같은 검격!

촤아악— 쓰컹—!

두 번은 없다. 모두 한 흐름에 이루어졌다.

폭풍이 지나간 선을 따라 두터운 모듈 장갑이 갈렸고, 바디 프레임까지 두 동강 냈다.

순식간에 전면 두 기와 좌우 각 한 기의 골렘이 허리째 분리되어 너부러졌다.

검이 가른 자리는 골렘에서 제일 두터운 부위로, 탑승 오너들의 허리가 자리한 부위이기도.

데드, 데드, 데드.

첫 번째 타격이 현실의 능력에 기반한 공격이라면, 이 두 번째 공격은 가상이니까 가능한 파괴력 선사.

그제야 아르헨티나의 진영은 파괴자의 침입을 알아차렸다.

경고는 필요없다, 통신관을 매우는 다급한 절규로 충분했기에.

[선두열이 무너졌다. 틈을 메워… 크웃!!]

[앗! 어느새… 커헉!]

[앗?! 적이다! 4열 전면에 적… 크!]

두 호흡이 채 걸리지 않았다.

폭풍이 지나가자 지오 주위로 작은 원이 생겨났다.

네 기의 골렘이 허리가 두 동강 난 채 너부러져 있었다.

절대 아물지 못할 상처.

지오가 든 기형검에서 열기가 무럭무럭 피어올랐다.

철을 가르면서 발생한 마찰열로 검날 끝이 샛노랗게 달아올라 빛을 발했다.

만족할 만한 전과임에도 지오는 툴툴거렸다.

"…센터가 틀어졌잖아. 역시 스킬을 걸면 검이 감당을 못해. 문제야. 헉스 영감이 공들여 만든 건데, 잔소리 좀 듣겠어. 쓰읍."

그렇다.

순식간에 네 기의 골렘을 갈라 버렸는데 얇은 검이 너덜하게 변하지 않으면 그건 사기.

골렘이 발휘하는 공격 스킬이 강력할수록 이를 뒷받침하는 아이템은 순식간에 마모된다. 그래서 골렘 오너들은 어지간한 위기 상황이 아니면 스킬을 발동하지 않는다. 스킬이 발현되는 역동작에 골렘 관절의 마모도 무시 못한다.

지오는 미련없이 두 개의 기형검을 떨구었다.

부, 누컹—

이어 적의 검을 발로 차올려 손에 척하니 단번에 쥐었다. 자기 물건을 돌려받은 것처럼 좌우로 획획 휘둘렀다.

"균형감이 좋아. 오! '대지의 장인 일족'이 만든 명품!"

지오는 노획한 검이 전하는 균형감을 즐기며 비워진 자리를 메우려고 급히 다가오는 적 골렘들에게 달려들었다.

"으하압!!"

지오의 거검 끝에 붉은 기운이 맺히며 적 골렘의 정중앙을 따라 지나갔다.

최아아아악— 촛캉—!!

검이 장갑을 스치지도 않았지만 장갑이 갈렸다. 철 부스러기도 튀어 오르지 않았다.

[크훗!]

동시에 적 골렘 오너는 붉은 기운이 어리는 것을 느끼며 데 드당하고 말았다.

"후욱— 동화율 전이가 놀랍군. 이 검, 일족의 이름값을 해."

지오는 노획한 검에 만족했다.

이 검으로 두세 기 정도는 무난하게 베어넘길 수 있을 것 같아서.

그렇게 세 기의 골렘이 아르헨티나의 벌집 대형에 난입했을 뿐인데도 그들이 벌려놓은 상처는 다물어질 수 없었다.

이어 그 깊은 상처를 더욱 헤집는 무리가 도착했다.

아르헨티나에게 악몽의 시작은 이것이 끝이 아니었다. 바로 매서커의 골렘이 난입하며 만들어놓은 길을 따라 두 기의 골렘이 두터운 어깨 장갑을 디밀고 들어와 무지막지한 거검을 휘둘러 댔다.

꽈—자작!!

부우우우웅— 파캉—!!

두 기의 나이트 골렘이 휘두르는 두터운 거검에 적 골렘의 두부가 찌그러지며 쓰러졌다.

이미 한 팔이 매서커에게 잘려 방어할 방패와 검이 사라진 골렘이었다. 매서커가 반파시킨 골렘을 이 두 기의 골렘이 확인 사살식으로 처치하며 균열을 벌렸다.

두 기의 골렘이 지오가 파고든 좁은 틈을 균열 수준까지 벌렸다.

[우하하하— 한 팔은 어디 갔느냐?!]

유린의 본격적인 시작은 이들로부터…….

M군단의 본대가 도착했다.

삼각 대형의 꼭짓점이 할 일은 이미 모두 끝난 것이나 마찬가지다. 이 꼭지 대형이 할 일을 넘칠 정도로 하였기에 M군단의 삼각 대형은 아르헨티나 대형 깊숙이 안전하게 파고들 수 있었다.

쿠저저적—!!

대열을 파고드는 파열음이 경쾌했다.

칼로 벌어진 상처에 도끼가 파고든 식.

M군단이 진입하자 아르헨티나 벌집 대형은 본격적으로 무너져 갔다.

푸캉—!

우그드드득!

땅에 너부러진 골렘이 밟혀 나가며 쇳덩이가 비명을 토했다.

적 무리에 파고들 수만 있으면 최대 전과를 올릴 수 있는 게 삼각 대형이다. 이후 벌어지는 M군단의 전과는 놀라웠다.

학살, 대학살! 일방적인 도륙…….

미국전에 비할 바가 아니었다.

이젠 양손에 부착된 교차 방패가 거추장스러운 짐으로 작용했다.

[하하, 방패 다섯 개째 노획이요—!]

[수리비 굳었는걸, 하하!]

M군단 골렘 오너들의 축가가 전 전선을 타고 퍼져 나갔다.

이어 M군단이 만든 길을 따라 두 개의 군단이 뒤따르며 와해된 적들을 철저히 유린했다.

[우와악—!]

[…진형이 메워지지 않아. 밀어낼 수가… 크흑!]

[지휘부, 각개 전환을—! 이러다 전멸이… 헙!]

아르헨티나의 통신관은 단말마로 가득 메워졌다.

그렇게 124기로 구성된 대형 하나가 완전히 녹아내렸다.

적들은 대형 유지를 포기하며 달아나기 시작했고, 전리품을 챙기려는 사냥이 대형이 흩어진 지역을 중심으로 벌어졌다.

그렇게 견고하게 버티던 벌집 대형 하나가 완벽하게 와해되었다. 당연히 아르헨티나의 사기는 엉망으로 떨어지며 전멸에 대한 공포가 퍼져 나갔다.

M군단의 이런 선전에 삼각 대형으로 파고들려는 충돌이 전장 곳곳에서 벌어졌으니 돌격하는 쪽은 광포했고 맞서는 쪽은 힘이 처졌다.

전처럼 버티는 아르헨티나 진영은 있었지만 삼각 대형의 침습을 허용하고 무리로 전락하는 진영이 발생하고 만다.

공포의 전이는 빠르다. 공포의 냄새가 진동했고, 이 연약한 냄새는 사냥꾼의 흉심을 더욱 자극했다.

무리로 전락하는 순간 처참한 학살이 일어났다.

패권의 평원은 사냥꾼으로 화한 한국 강철거인들의 축제장이 되어버렸다.

[세 기째다, 내가 오늘 세 기를 대파시켰어.]

[카카, 이 몸은 다섯 기째.]

[지금 아니면 이런 기휀 다신 없다. 기동 시간이 다할 때까지 추격이다.]

[오―!!]

"잡는군, 잡아."

지오는 그 광경을 눈에 담으며 잦은 과부하로 끓어오른 마나 엔진을 제어하기 바빴다.

전장 그 어디에도 아르헨티나가 자랑하던 벌집 대형은 없었다. 축구 경기 시간 종료 순간까지 한국 측의 집요한 사냥이 이어졌다. 그러나 전장의 모습을 담는 모든 카메라는 오직 한 기의 골렘만 담고 있을 따름.

이 한 기의 골렘은 움직이지 않은 채 전장을 오만하게 내려다볼 뿐이었다.

"벌집, 벌집을 부수면 꿀이 흘러내리지……."

'역시 솔져 골렘의 출력으로 스킬을 뿌린 게 무리야. 게다 관절의 중심이 틀어졌어. 이제 학살자를 등장시킬 때가 된 건가.'

지오의 마음은 3일 후 벌어질 예선 마지막 상대인 독일전에 가 있다.

독일… 타이거, 헌팅 타이거, 팬저 등 다양한 양산형 골렘 시리즈들을 보유하고 있는 우승 후보.

EU E&T 통합전에서 보여준 중잡갑부대의 위용에 이미 많은 E&T 유저들이 경탄해 마지않았다.

긴장해야 할 강적이다, 그러나 지오에겐…….

"독일이라… 내 컬렉션이 풍부해지겠군."

Act 01
미요… 누님?!

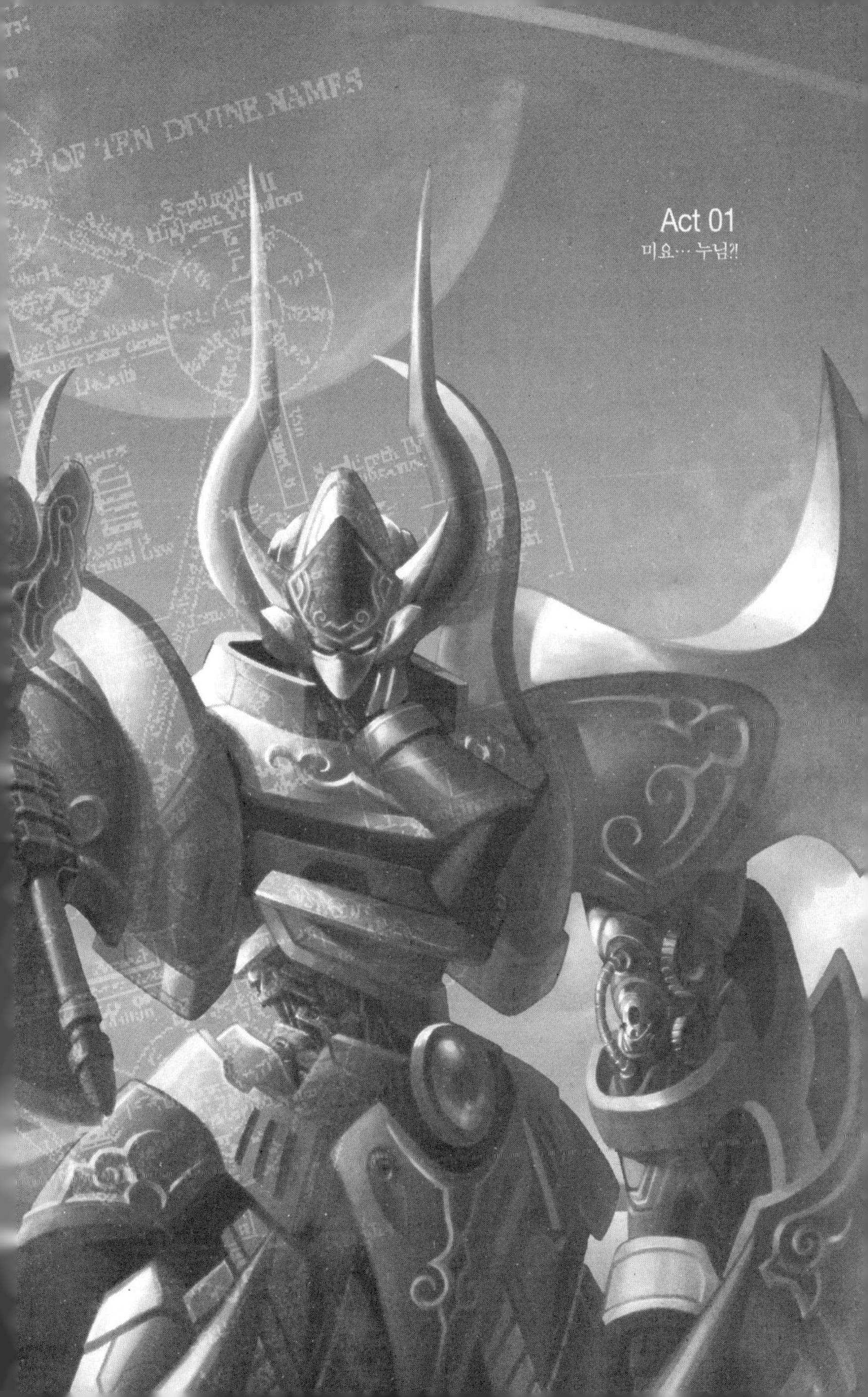

機甲戰記
Massacre
기갑전기 매서커

이거, 보름이 지나도 시하 도시에 대한 관심이 일어나지 않으니 슬슬 불안한데…….

두 형제의 침묵이 점점 늘어나는 게 괜스레 미안해지잖아.

300만 원이나 가상의 부동산에 투자를 했으니 현실의 누군가가 이 사실을 안다면 미친놈 소리 듣기 딱 그만.

괜한 짓한 건 아닌지.

올해 최대 삽질이 될 수도 있다.

그런데 우리 셋의 이상한 점을 간파한 것은 미요미요다.

큰곰이가 아르바이트로 고용한 그 여성 유저 말이다.

두 형제는 냥냥 양이 아무리 아양을 떨어도 입을 열지 않았다. 사재기는 아직도 진행 중이었기에.

그런 중에 결정타를 날린 손님이 방문했다.

지하 도시의 마에스트로 무구장인 헉스였다.

"반갑습니다, 여러분. 여기 지오님이 주문하신 시제품이 완성되어 한달음에 가져왔소이다. 재료가 넉넉한 덕에 이렇게 멋진 놈이 탄생할 수 있었습니다. 허허."

"오—"

헉스의 들뜬 목소리가 반가웠다. 그사이 그의 얼굴은 많이 밝아져 있었고, 외모도 달라져 있었다.

실루엣을 따라 은색의 금속 광택이 생겼다 사라졌다를 반복하는 것이 그만의 히든 클래스에 중요한 변화가 있었음이다.

내 눈치에 헉스는 눈을 찡끗하고는 가져온 방어구를 우선 펼쳤다.

드디어 우리 점포만의 새로운 독점 상품의 등장!

장식이 일체 배제된 아머 세트.

'우잉?! 구리다.'

변종 파충류 가죽 특유의 거무죽죽한 색이라 그다지 와 닿지 않았다.

'…아냐, 오— 아주 특이한걸?

색은 그랬지만 나머지는 장인의 공이 가미되어 멋진 외관을 자랑했다. 요란하지 않으면서 다른 방어구들과 차별성이 분명했다. 척 봐도 유저 메이드 아이템.

"히잉… 색이 구려. 고무 타이어를 오려 붙인 것 같…아—!'

미요미요가 심퉁하게 말하다 점점 진가가 느껴지는지 눈이 둥그레졌다.

이내 두 눈은 탐욕의 빛으로 넘실거리더니 홀린 듯이 멍한 얼굴을 지었다.

빙고!!

아이템 감정은 그녀의 직업과 깊은 연관이 있기에 만져 보지 않고도 진가를 알아보는 능력은 상점 내 최고. 그렇다면 물건이 잘나왔다는 반증이 아니고 무엇이랴.

상인인 두 형제도 특이한 아머 세트에 눈을 떼지 못하고 있다. 이 둘은 직관적으로 알아챘다. 이선 대박 아이템이다!

보는 눈이 일천한 나로선 직접 착용하는 수밖에.

얼른 착용했다.

처척.

Item

타르타로스의 오염 무구 세트.

아크 마에스트로 헉스가 심혈을 기울여 만든 방어구.

구성 요소:오염 투구, 오염된 어깨 갑옷, 오염된 흉갑, 오염된 건틀릿,

오염된 경갑.

풀 세트 착용 시 단 한 번에 착용할 수 있다.

요구 CON:200   급수:유저 메이드 아이템.

방어력:990   내구성:960/960

옵션:BP 포인트 +1,800

　　　전체 마력 저항력 8%

　　　특히 전격 마법 저항력 12%

　　　정령 반탄력 8%

　　　특히 화염 계열 정령 반탄력 12%

　　　합산된 STR+10

　　　합산된 DEX+10

각 아이템별 빈 소켓:1개.

세트 효과:매 초마다 3만큼의 생명력 회복.

　　　타르타로스 계열 몬스터 공격을 3% 추가 방어한다.

　　　타르타로스 계열 액세서리가 발휘하는 효과를 절대적으로 반

영한다.

　　　하나의 아이템이라도 빠지면 세트 효과는 사라진다.

"……!!"

오옷― 이 정도일 줄이야.

재련하면 또 어떻게 달라질지 모른다.

게다 헉스가 아크 마에스트로라니… 헉스의 변화가 이해가 되었다. 그럼 이제부터 '아크 마에스트로'가 생산한 아이템을 우리 상점에서 독점적으로 판매하게 된다는 것.

온몸에 전율이 부르르 일었다.

한데,

"아니, 지오님. 매일 뻔질나게 지하 도시를 방문하시면서 왜 우리 가게엔 코빼기도 안 보이고 그럽니까. 가게에서 오고 가는 게 다 보인단 말입니다."

"아, 예."

하긴 뻔질나게 오르락내리락 했지.

말 시키지 마요, 이걸 어떻게 재련할지 생각 중이라고요ㅡ!

"도대체 지하 도시에서 무슨 일을 벌인 건지 궁금한데, 어디 이참에 그 사정이나 들어봅시다."

"…에."

눈치없는 양반 같으니.

헉스는 섭섭한 마음에 아무 생각 없이 한 말이다.

그러나 미요미요의 눈빛이 새초롬하게 변하는 게 예사롭지 않다. 결국…….

"냥~ 말해라! 나도 궁금하다. 나완 놀아주지 않고 지하 도시에 매일 갔단 말이지?"

"잉? 누가 놀아준다 했어?!"

"하나밖에 없는 여점원이다. 손님들도 나랑 파티 풀로 놀자고 안달이다."

그건 사실이다. 미요를 찾아오는 단골이 제법 있다.

미요는 눈물이 그렁한 눈을 내 얼굴에 바싹 들이밀었다.

길 잃은 고양이 눈빛 공격, '측은지심' 유발 성공.

솔로 울프에 크리티컬 작열.

우웃, 위험!

내 약점을 파고들려 하다니… '철골빙심' 발동.

급격히 동화율을 떨어뜨려 위기를 모면했다.

이것이 일명 '철골빙심(鐵骨氷心)' 스킬, 가상 세계니까 통하는 미인에게 강할 수 있는 수단이다. 가상의 여인에게 당할 쏘냐!

느꼈겠지만 미요는 요사이 부쩍 나에게 들이대는 중.

"그런 사람들하고 노세요. 누가 말려? 침 튀니까 들이밀지 말고 치워."

나는 들이민 미요의 머리를 중지손가락을 세워 지그시 밀어냈다. 삐적삐적 밀려나며 몸을 바르르 떠는 미요.

손끝을 통해 미요의 분노 게이지가 올라가는 게 느껴졌다.

내가 딱히 이유없이 그녀를 싫어하는 게 아니다. 단지 자신은 이쁘기 때문에 모든 남성 유저들로부터 양보를 받는 게 당연하다고 생각하는 태도가 싫을 뿐. 그래, 그거다. 뻔뻔한 여자!

특히 '내일은 꼭 나를 좋아하게 만들겠어!' 라는 말을 대놓고 할 땐… 어이없잖아!

"힝! 또 구박한다."

"나 아니면 누가 널 상대하리."

그렇다. 두 형제가 미요를 컨트롤 할 수 없게 된 지는 이미 오래.

"이익, 지하 도시에서 무슨 일을 하는지… 다 알아낼 테야. 지하 도시는 내 손바닥이다. 난 그 정도 능력은 된다고!"

"손도 크셔라. 그러시든가."

난 손님을 부르는 고양이 인형 손을 만들어 그녀 눈앞에서 까닥였다.

미요가 분을 못 이기고 팔딱팔딱 뛰었다.

"이 못된 놈아!"

여동생 놀리듯이 놀리면 그저 그만, 미요의 두 눈에 눈물이 그렁 맺혀 노려보아도 냉정히 고개를 돌렸다.

나의 이런 담대함을 두 형제와 헉스가 눈을 둥그러니 치켜 뜨고 바라볼 따름.

간 큰 남자다—!

석기시대 살다 왔냐?

오옷— 어디서 저런 만용을.

그럴 것이다. 대한민국 남성은 여성들로부터 선택받아야 하는 존재이기에.

하나 선택받지 않아도 좋으니까 까불지 말란 말이야!

이곳은 신성한 업장이라고. 미요는 나의 이러한 일관된 태도에,

"…정말, 나를 이렇게 따돌리고 무시하면……."

"하면?"

"작업장에 쳐들어갈 거당. 가서 부숴 버릴 거야. 니아 앙ㅡ!"

"허걱!"

가녀린 몸으로 현피를 뜨시겠다?!

누가 미요미요에게 이 작업장의 위치를 알렸지?

큰곰이가 고개를 모로 돌리곤 딴청.

"여어, 아머 세트가 정말 유니크합니다. 마에스트로 헉스 님의 제품을 독점 판매하게 되어서 정말 영광입니다. 커ㅡ 걱!"

작은곰이가 큰곰이의 옆구리를 세차게 쥐어박았다.

"흐이구, 아주 광고를 했구나, 했어!"

"…아니, 난 미요가 밑반찬을 택배로 보낸다기에 무심코 답한 건데……."

쯧쯧, 유도심문에 넘어간 거군. 그 밑반찬은 받긴 했수ㅡ?!

"내가 모를 줄 알아? 미요가 형 팔에 매달려 늘어졌겠지."

"에이, 내가 먹을 것에 좀 약하냐. 설마 찾아오겠어? 대전에서 여기가 어딘데."

"요즘은 30분이면 떡을 치네요."

두 형제의 옥신각신에,

"니양, 큰곰이는 여자를 위할 줄 안다. 작은곰이랑 지오는 평생 여자한테 바람만 맞을 거다. 두고 봐라. 히잉—"

미요는 그 말을 남기고 횡하니 나가 버렸다.

…삐친 척은.

조것이 하는 양이 내 동생들과 어찌나 비슷한지.

눈물이 그렁한 눈으로로 바라볼 때는 넘어갈 뻔했다.

나에게 친근히 굴 때 그녀의 동화율은 장난이 아니었다.

정말이다. 얼굴을 코앞까지 갖다 붙이며 친밀하게 굴어 분홍빛 스위치가 켜지려 할 때가 한두 번이 아니었다.

여하튼 그 뒤로 남겨진 머쓱한 남자 넷, 아니, 큰곰이는 허벌레 웃고 있으니 바람맞은 남자 셋이라 치자.

웅?!

큰곰, 입 다물어.

그렇게 하마처럼 입 벌리면 여자들이 좋아할 것 같아—?

우리들의 사나운 눈치에 큰곰이 잘난 척하며 말했다.

"이쁜 여자들은 거짓말을 해도 이뻐요… 커흑!!"

작은곰이의 주먹이 큰곰이에게 작열했다.

말을 안 하면 밉지나 않지.

패요, 패! 바람이 잔뜩 들었는데 그렇게 패서 빠지겠어요?! 패—!

"허파에 바람 들어가니 좋아? 간지러워? 좋아?! 에잇!!"

픽, 퍼벅!!

"크으, 살류—!!"

헉스는 두 형제의 드잡이질에 뻘쭘해져 물러났고, 나는 인파 속에 묻혀 버린 메이드 복장의 미요의 뒷모습을 담았다.

사람들 사이를 헤쳐 나가며 메이드 복이 사라졌다. 예의 검은 가죽 로그 의상으로 바뀌는가 싶더니 인파 속에 동화되어 묻혀 버렸다.

흐음, 도둑 고양이가 알아보았자 별일 있겠어?

그랬는데…….

*　　　　*　　　　*

허걱!!

이건 정도가 심하잖은가.

다음날부터 지하 도시의 주택 매물이 완전히 거두어져 있는 것이다. 단 하루 만이다.

미요가 그 길로 도둑답게 지하 도시의 인맥을 동원해 내 뒷조사를 했음이 틀림없다. 그 정도는 예측가능하다.

그런데 어떻게 하루도 지나지 않아 매물이 자취를 감출 수 있단 말인가. 흥정 중인 매물이 몇 건 더 있었는데…….

미요, 지하 도시 터줏대감들과 트고 지낸다는 게 빈말이 아니었다.

단 하루 만에 지하 도시가—아직 지역 차는 있지만—더 이상 하수 범람이 일어나지 않는다는 이야기가 본격적으로 돌기 시작하며 붐 조성이 동시에 펼쳐졌다.

약간의 번거로움만 감수한다면 지하 도시도 괜찮은 터전이라는 이야기가 넷상에 돌기 시작했다.

그 붐 조성이라 함은,

오늘 지하 도시에 집 마련했어요. 클랜 여러분, 집들이 초대합니다.

'더블 퀘스트(DQ)' 길드 사무소를 니하르 지하 도시 00지구에 마련했습니다. 넓고 좋아요.

지하 도시 조용하고 쾌적하죠.

DQ길드가 니하르에 길드 사무소를 마련했어요? 어떻게 찾아가죠? 약도 좀 올려주세요.

한 달째 하수도 범람 없는 지역으로 매물 추천요.

지상 도시에서 미어 터지던 유저들이 지하 도시로 하나둘 발길을 돌리더니 좋은 위치를 잡겠다고 지하 도시를 들쑤시고 다녔다.

게다 DQ길드라면 어떤 가상 게임이든 다 있는 생산 전문 직들이 모인 길드. 그들이 움직였다 함은 그 주위로 수많은 종류의 공방이 생기고 없던 시장도 형성된다.

파급력이 대단한 길드가 움직인 것이다.

당연히 DQ길드는 엉덩이가 무겁다. 그런 그들이 움직였다 함은… 작업의 냄새가 진동했다.

오로지 내가 하수도를 청소한 대도시 '니하르'에서 부동산 투기의 광풍이 불기 시작했다.

커흥, 더 사야 되는데. 매물을 다 거두어 버리다니…….

여하튼, 이제야 돈 냄새 좀 나는 것 같지?

*　　　*　　　*

나른한 오후의 형제 상점.

메이드 복장의 미요가 매대에 비스듬하게 누워서 가는 다리를 불량스럽게 까닥거리며 나른한 눈으로 우리를 내려다보고 있다.

전형적인 유한마담의 자태.

저런 변신을 아이템 없이 해내다니… 한데 너무도 잘 어울리잖아.

"심심하다. 냐앙~"

"……."

저걸 그냥 화악 패버려?

하나 이는 속마음일 뿐.

나는, 아니, 우리가 고용주임에도 함부로 미요에게 눈을 부라릴 수 없다.

이쁘면 모든 게 용서되지만 가상 세계에서는 통하지 않는다.

몸매에 꼴딱 넘어가 현실 세계의 만남으로 이어져 나타난 게 웬 몸짱 할머니라는 이야기는 이제 그리 놀랄 만한 게 아니니까.

그럼 무엇이 우리로 하여금 그녀의 나태한 근무 자세를 용서할 수 있게 하는가?

그렇다. 돈이다, 돈!

돈 많으면 모든 게 용서가 된다.

그녀를 고용한 것을 우리는 영광으로 알아야 했다.

현 E&T 세계에서 제일 돈 많은, 아니, 최고의 부동산 갑부를 보고 있을지 모르기에.

미요는 지하 도시에 수십 채의 집을 소유하고 있다. 이것은 수백 채를 거래하고 남은 물량이다.

커흑, 그녀가 그 정도로 큰손이었다니.

그녀는 우리가 시도하는 것을 알아채자마자 하루에 현금으로 일백만 원씩 지하 도시에 집을 구입하는 데 퍼부었다.

그녀를 추종하는 지하 세계 범죄자들의 검은돈이 그 뒤를 따랐다.

말이 쉽지 일반 유저가 매일 현금으로 일백만 원씩 가상의 세계에 투자한다?! 아무나 할 수 있는 게 아니다.

그녀의 이런 과감한 움직임이 조마조마한 마음으로 깔짝

거리던 우리에 비해 커다란 반향을 불러일으켰고, 모든 유저들이 시선이 지하 도시로 쏠리기 시작한 것이었다.

개인 유저가 취미로 운영하는 개인 방송에도 소개되었다.

그녀는 이도 자신의 공작임을 부인하지 않았다.

그녀, 미요. 붐을 조성할 줄 알았다.

가상 세계에 부동산 투기의 광풍이 휘몰아쳤다.

나의 의도대로 단시일 내에 대박이 났다.

뼛뜨, 그러나.

우리가 박을 터뜨렸다면 그녀는 대박을 터뜨렸다는것.

그녀는 열흘간 이천만 원을 투자해 이후 일주일 만에 최소 수천만 원의 수익을 올렸을 것이라 짐작되어졌다. 짐작이 그 정도. 그러고도 여전히 수십 채를 보유하고 있었으니…….

두 곰은 그녀를 누님으로 모시자는 말을 공공연히 할 정도로 그녀가 보여준 조직 동원력은 상상을 불허했다.

그랬다.

시장은 정보만으로 움직이는 게 아니었다.

시장을 움직이는 능력이 있느냐 없느냐의 차이라.

상대적 박탈감 백배 작렬!

미요가 포식자로 등장해 뒤늦게 투기의 끝물을 탄 개미 유저들을 절망에 빠뜨렸다.

그녀에 비해 소심(?)한 우리마저…….

하려면 그녀처럼!!

그녀가 뿜어내는 복부인 아우라는 소심한 우리의 넋을 잃게 만들기 충분한 것이었다.

나는 여전히 미요를 신뢰하지 않는다, 단지 신봉할 뿐이다.

커흥, 내가 왜 이리 간사해진 거야!

"아앙~ 심심하단 말이야. 나랑 같이 사냥 가자, 지오 오.빠. 으응?"

"끄응—"

'커흥, 하수도 청소는 내가 했단 말이다—!'

하나 그녀가 놀아달라고 하는 저 말도 안 되는 소리를 그냥 무시할 순 없다, 왜?

위.너, 승자!

게임의 승자이니까.

내 입이 힘겹게 열렸다.

"…예, 누우임……."

"캬항~ 아이, 좋아라."

"저 그런데… 누님."

"넹?"

"왜 목소리를 그런 식으로 내지요? 사냥 나가서도 그러시면 심히 적응하기 힘들거든요."

내 질문에 그녀가 뚱한 눈으로 쳐다보았다, 도저히 이해하기 힘들다는 표정으로.

"아항~ 이거 '모에 모드'라는 거예요. 일본 유저들을 위해 만든 대화 모드랍니다. 몰랐어요?"

"모.에. 모.드?"

"곰이 오빠들은 다 좋아하던뎅— 니앙~ 귀엽잖아!"

"크으— 저는 앤가 봅니다, 누님."

"캬항~ 지오 오빠가 누님, 누님하고 불러주니 니글한 호스트 같아. 그럼 오빠의 대화 모드는 '호스트 모드'야?"

젠장, 이젠 나를 놀리는구나, 놀려.

"커헙— 그런 것도 있답니까?"

"누님, 누님. 드라마 보니까 호스트들이 그러더라. 나 피 빨아먹고 버리면 안 돼, 동상—?!"

"동상……"

그녀의 끝말은 드라마상의 유명 대사를 흉내 낸 것.

대한민국의 드라마가 막장 탄 것은 어제오늘의 일은 아니다만 저런 흉내는 아무나 내는 게 아니지.

나름의 리얼 포스 작렬!

"무, 무슨 말도 되지 않는 상상을……."

"캬항~ 지금은 내가 부자니까 놀아주는 거잖아?"

"…허끅."

대놓고 부자라 그러네.

"깔깔깔!"

"……"

사례가 들려서 말이 안 나왔다. 딱히 틀린 말도 아니고.

하나 투기 공범으로서 조금 친해졌다고 생각하면 어디가 덧나? 저걸 그냥 꽉!

이때 나보고 참으라고 두 형제들이 옆구리를 질러왔다.

이 둘은 미요의 뒷배경을 무시하지 말고 나보고 잘 대해주라고 하루 온종일 설교를 늘어놓았다. 시장을 움직이고 여론을 선동할 수 있다 함은 유력한 유저 그룹에서도 그녀가 코어에 속해 있다는 것이다.

지하 도시를 지배하는 범죄자들과 연결된 그녀와의 정보 공유는 이젠 필수라는 것이지.

'더 이상 적을 만들지 마라!'

'가상 생활이 평탄하려면 여자와 다투지 마라!'

안다, 나도 인정한다. 그래서,

젠장이다!

하여튼 그녀는 분명 나이가 많은 아줌마임이 분명해. 그럴 거야. 암, 그렇다면 누님으로 깍듯이 모셔야지.

나에게 최면을 걸었다.

누님—!

미요 누님—!!

대박 노하우 전수를……,

시장을 움직일 수 있는 그 비법을!

부자에게 배울 수 있는 것이라면 숨 쉬는 것부터 다시 배울 수 있습니다—

커흑, 나도 돈을 벌었는데 왜 이리 배가 아프지?

너도 그렇지?

여기서 잠깐, 엄살이 심했다만, 나는 여전히 수십 채의 집을 팔지 않고 있다는 것.

모두 상가 전용이 가능한 일층들로 콜렉션을 구축해 놓았다.

아직 대박의 기회가 나를 기다리고 있음이지.

게임이 스스로 기회를 만드는 것이라면 기다리는 것이기도 하다.

나는 지금 이차 반등을 노리며 기다리는 쪽을 택했다.

*　　　　*　　　　*

동화율이 답보 상태에 들었다.

내가 지극히 감정적인 녀석이라 캐릭 간의 동화율 기복은 어떻게 하든 극복해야 할 과제였다.

특히 네크로맨서와 엘레멘탈 계열 캐릭들을 운용할 때 동화율이 고르지 않았다. 판타지 게임의 메인 클래스가 이런 캐릭들인데 이러면 곤란하다.

시급 이만 원의 멀티 트레이너로서의 길이 아무나 되는 게 아니었다.

그나마 올린 동화율을 유지하려면 하기 싫어도 해야 하는 일과가 있었으니 바로 하수도 몬스터 사냥이다.

그 사냥에 미요가 끼어들었다.

미요미요의 레벨은 89였고, 내 캐릭들의 레벨은 평균 85레벨이라서 파티에 미요미요를 참여시켜도 하등 문제가 없었다. 그렇게 매일 한두 시간 정도 그녀와 놀아(?)주었다.

물론 그녀와 파티를 구성할 시엔 심판의 검을 상점에 맡겨 놓고 게임을 즐겼다.

참, 어두운 하수도를 굴곡 선명한 여인과 누비니까 분위기 야릇(?)하더라. 미요 뒤를 따라가면 눈이 스르륵 절로 풀린다. 그때마다,

스탑! 이건 가상의 그림이야—! 홀리면 안 돼!!

일곱 캐릭으로 넘나들며 '핑크 스위치'가 켜지는 것을 막았다.

그만큼 그녀의 뒷판은… 말을 말자.

여하튼 미요를 상대하는 요령이 생겼다. 야릇한 시선을 보낼 때마다 시선 밖 캐릭으로 바로 체인지— 일곱 캐릭을 돌리는 게 이런 점에선 유리한 것이지.

대화도 경계심을 늦추지 않기 위해 그녀를 누님으로 깍듯이. 그녀는 이린 니를 어떻게든 무너뜨리려고 '오빠—'라 부른다.

이런 대응에 미요는 처음엔 방방 떴지만, 어쩔 것인가? 내 마음인데.

이제 그에 대해서 미요는 별 투정이 없다, '미요 누님'에서 미요가 붙은 걸로 만족하신단다. 하긴 '냥님' 보다야 낫겠지.

사냥하며 이러저런 이야기를 간간이 섞어보니 그녀의 현실의 삶도 돈이 아쉬운 캐릭이 아니었다.

그저 약간의 도벽이 있다고 해야 하나?

그 도벽을 가상의 세계에서 해소할 수 있어 자신에겐 딱이라는 것.

"바이오 글러브를 통해 다른 유저들의 인벤토리를 열어볼 때의 조마조마함은… 백화점에서 속옷을 훔치는 것보다 짜릿하다구, 냐앙~"

"……!"

사실일지 몰라도 참~ 캐릭 반듯하군.

그녀와 나, 모두 레벨업 정체기에 완벽하게 든 상태인 건 마찬가지. 하루에 유료 던전을 두세 시간 클리어한다고 해도 레벨업엔 분명 한계가 있었다. 필드에 나가서 무한으로 몬스터를 잡는 것을 지그재그로 병행해야 하는 게 당연했다.

던전 탐험도 하루 이틀이지, 이미 질려 버린 지 오래.

하수도만 주구장창 누볐으니 왜 아니 그럴까.

그 구조가 그 구조였고, 그 몬스터가 그 몬스터.

미요와의 '하수구 청소'도 시들해져 갔고, 그것을 느꼈는지 미요가 너른 인맥으로 '클로즈 필드'한 곳을 소개해 왔다.

전에 언급했듯이 거대 길드가 병목 구간을 선점해 유저들에게 삥을 뜯는 사냥터가 클로즈 필드다.

이 클로즈 필드를 선점한 길드는 나와 항쟁 중인 아바타르 길드와는 전쟁 직전까지 반목이 진행 중이라 한다.

즉, 아바타르 유저들을 볼 수 없는 필드라는 것.

이 길드의 이름은 '헬 켓'길드로, 길드원들이 후드에 동물 귀를 붙이고 다녀 차림에서부터 티가 팍 났다.

다르게는 '모에'길드라고도 하는데 모르는 유저가 없을 정도로 강한 결속력을 자랑한다(모에:어떤 특정 대상에 몰입한다는 일본 오타쿠 용어).

"길드원 대부분이 나를 추앙한다. 얼굴 되지, 몸매 되지, 노출 약간이면 나야말로 모에의 대상이당. 냐앙~"

"……."

'자뻑'과 '모에'와 친척 관계쯤 되나?

여튼 그녀의 장담대로라면 아바타르 길드원들과 사냥터에서 부딪칠 염려가 없다는 것인데, 속는 셈 치고 한번 필드로 나들이한다는 기분으로 그녀를 따랐다.

나름 한 달간 PVP에 대비한 비장의 한 수도 준비되어 있기도.

아, 절대 물약빨… 아니다.

나와 미요미요는 도시 한 켠에 마련된 이층 석조 저택으로 들어섰다. 헬 켓 길드의 니하르 도시 지부다.

응, 왜 마당에서 고양이 귀 같은 장신구를 팔지?

어라라, 가격 봐라? 이거 수상한데…….

건물 내부로 들어섰다.

넓은 홀 바닥에 지름 2미터의 둥근 원이 파란색으로 맴돌고 있었다. 당장 풍덩 빠져들고 싶은 유혹적인 소용돌이.

와— 길드 지부에 개인용 게이트라니!

필드까지 게이트로 연결했다는 것은 오직 메이지로서 특화된 대마도사가 길드 내에 존재한다는 이야기도 되었다.

비용을 들여 클로즈 필드를 이용해도 아깝지 않은 시스템이다.

그런데 게이트 입구에서 진입이 거부당해야 했다.

"왜 저만 안 된다는 말입니까?"

게이트를 관리하는 길드 소속 메이지의 대답이 걸작이다.

"당신의 복장 어디에도 '모에' 요소가 없잖습니까?"

아하, 그래서 나보고 마당에 나가 고양이 귀라도 달고 들어오라 이거군.

"아니, 그럼 이분, 미요미요는요?"

"그 자체로 모. 에.. 아닙니까?"

"에?!"

이 길드의 운영 개념에 어이가 좋혔다.

시커면 일곱 남정네들 머리 위에 고양이 귀를 달고 필드를 누빈다 상상해 보라.

위로 뭔가가 올라오지? 나도 쏠린다.

삐쳐서 돌아서려는데 미요미요가 재빨리 중재에 나섰다.

"멀티 플레이어로 한 사람입니다. 다루는 캐릭 중에 하나라도 있으면 안 될까요?"

"멀티 플레이어로 일곱 캐릭이나 다룬다? 흠, 대단한 유저시군. 좋습니다. 한 사람으로 보고 캐릭 중 아무나 모에 요소를 지닌 게 있으면 보여주십시오."

미요미요가 나를 재촉했다.

"어서 빨리 레드 홀을 소환해 보여주세요."

"레드 홀?!"

소환수도 모에 대상인가?

안 되면 레드 홀로 하여금 큰 웅가라도 누이고 말 테… 큼.

의미 함축된 미소를 지으며 레드 홀을 소환시켰다.

촤아아앙—

크—헝—!

순간 저택 홀 안이 붉은 그림자로 가득찼다.

레드 홀은 충성도 15에 88레벨로 성장한 상태로, 헉스를 통해 변종 파충류의 갑옷을 착용시켜 방어력까지 극강으로 끌어올려 놓았다. 하지만 여전히 귀여운 두상을 유지하고 있다는 것.

붉은 귀 끝이 노랗게 변색되어 눈을 화악 끌어당겼다.

먹히려나?

"오—!"

실내에서 우리의 실랑이를 지켜보던 길드원들의 입에서 탄성이 일시에 터져 나왔다. 다들 레드 홀의 검붉은 귀 끝으로 시선을 초롱초롱하게 모으고 있었다.

이에 이들이 보내는 시선의 의미를 레드 홀은 다 안다는 듯이 고개를 치켜들었다.

거만, 거만, 나 잘난 척.

다시금 터지는 환호와 탄성.

"우오—!!"

나원, 신기한 사람들 여기 다 있군.

"오옷— 이럴 수가. 놀라운 모에 동료를 두셨군요. 당신에게도 모에의 피가 찐.하게 흐르고 있음을 알았습니다. 진정한 '모에인' 이군요. 저희 길드에 가입할 생각은 없으신지?"

"…에. 흠, 제가 지금 아바타르와 항쟁 중이라 가입하면 길드에 누를 끼칠 것 같은데……."

파쟁 중인 캐릭을 받아들인 파티나 길드는 자연 파쟁 상태로 변하게 되어 있다.

"저, 저런… 거참, 저희들도 그들과 냉전 상태라… 할 수 없죠. 그럼 즐거운 사냥 되십시오."

"옙."

그런데 내 안에 모에의 피가 흐르고 있다… 고라?

레드 홀만 등장시키면 내 꼴만 우스워지지. 이는 불변의 진리.

필드 사용 허가가 떨어지자 푸른빛의 웅덩이로 캐릭들을 다이빙시켰다.

텀벙~

이동 게이트를 통과하는 특유의 효과음이 얼마 만인지.

전경이 달라지고 광활하고 아름다운 초록색 계곡이 눈앞에 펼쳐졌다.

필드!!

손가락 끝으로 싱그러운 공기가 스며드는 기분이었다.

멍해 있는데,

"오빵~ 몹 몰아올게, 세팅해 두엉~"

"아, 응!"

이후 외부 공기를 마음껏 만끽할 수 있었다.

게이트를 지키던 메이지의 말대로 방해는 없었다.

레벨이 낮은 몬스터를 상대로 무한 사냥에 들어갔고, 레드 홀을 마구 날뛰게 내버려 두었다.

…니도 날뛰었다.

　　　　*　　　　*　　　　*

　일주일간 필드에서의 사냥은 순조로웠다. 지하 도시에선 무얼 하든 타르타로스의 연계 퀘스트로 연결되어 짜증이 만땅인 상태였는데 간신히 숨통이 트인 것이다.

　게다 타르타로스의 오염 무구 세트, 이거 물건이다.

　마에스트로 헉스를 통해 더욱 기가 막힌 물건으로 변모하더니 유저들이 만든 방어구 중 단연 최고라는 호평이 쏟아지고 있다.

　새로운 '사기 아이템' 의 등장!

　이런 걸 찬사라고 하는 거지.

　그 사기 아이템을 이 몸이 착용하고 있다. 음하하!

　오버해도 이해해라. 거대 길드를 상대로 싸울 깜냥이 안 되는 소심쟁이잖우. 필드에 나온 게 얼마 만인데.

　그럼 헉스의 방어구를 살펴볼까?

　유저 메이드 아이템 중 완성품에 소켓이 두 개인 것도 놀라운데 옵션까지 두세 개씩 따로 붙어 있다. 게다 필드 아이템에 비해 놀라운 재련 성공률은 이 새로운 갑옷을 극강의 방어구로 재탄생하게 만들었다.

　물론 구입 후 재련은 유저들의 몫.

　그래서 시판 일주일 만에 명품 갤러리에 전시된 지존 방어구들의 자리가 극한까지 재련된 헉스의 신방어구들로 채워지고 있는 상황이라는 거지.

당연히 독점 판매하는 형제 상점엔 방어구를 수소문하는 유저들의 문의가 쇄도 중이었고. 이런 유저들을 상대로 해 거대 길드 간의 상권 다툼에서 당당하게 뿌리를 내리고 있다.

"대지의 울음!"

정수리 끝까지 들어 올린 해머를 맨땅에 수직으로 내려쳤다.

슈와아앗— 퍼엉!!

우구구구궁! 매서커 지오를 중심으로 땅이 뒤집어지며 파문 번지듯이 땅거죽이 퍼져 나갔다.

나를 중심으로 반경 12미터 안이 뒤집어졌고, 그 여파에 휘말린 20여 마리의 몬스터들이 뒤집어진 땅에 파묻혀 꼼짝달싹 못하고 죽어갔다.

오! 범위 스킬의 여파가 2미터나 늘어났다.

지금 상대하는 몬스터들이 레벨이 낮은 것도 이유지만 극한의 방어를 자랑하는 방어구에 듬직한 레드 홀이 가세하자 미요가 몰아오는 몬스터들이 수가 아무리 많아도 그냥 녹아내렸다.

한 시간 사냥에 0.3퍼센트의 경험치가 쌓여 나갔다.

아, 간만에 누리는 무한의 기쁨이란.

80 중반 레벨에서 이 정도면 양호한 성적이라 할 수 있다.

필드로 나왔으니 필드에서만 생성되는 유료 던전까지 이

용할 수 있다. 레벨은 한정적이지만 그게 어디야.

그렇게 던전을 오고 가며 교차로 경험치를 쌓으니 하루에 2~3퍼센트의 경험치는 올릴 수 있었다.

필드에서의 무한 사냥, 도시로 돌아와 하수도 던전에서 방어구 재료를 수집하는 방식으로 가상 생활이 그나마 숨통이 트인 일주일간이다.

변화가 없던 동화율도 필드를 바꾸자 변화의 조짐이 보였다.

누구에 비하면 작은 성공이다만 가상의 부동산 투기도 나름 성과가 일어나고 있다. 가상의 지오들이 현실의 지오를 부양할 수 있을 것 같은 희망이 약간 비추어졌다.

가상 세계에 있는 시간이 얼마인데, 이 정도는 돼야지.

그런 생각으로 사냥을 하는데 등 뒤가 시끄러워 왔다.

분위기가 심상치 않다.

응?

현란한 마법 효과와 색색의 정령들이 어지럽게 얽히며 난무했다.

그리고 유저들의 외침.

"헬 켓이랑 아바타르랑 붙었다!"

"길드전이다!!"

앗!!

아바타르 길드가 전격적으로 헬 켓 길드에 길드전을 선포했습니다.

아바타르 길드의 비신사적인 행위에 페널티가 부여됩니다. 길드전 동안 아바타르 측 길드원들의 레벨이 1□ 다운됩니다.

도시로 돌아가는 게이트는 길드전이 끝날 때까지 잠정 폐쇄되었습니다.

…이런, 싸움이 벌어졌는데 이제야 공지가 뜨다니. 그리고 돌아가는 게이트는 왜 폐쇄하고 그래.

좋아, 그렇다면… 강제로 로그아웃을 시도했는데 불안한 경고음이 울렸다.

띵— 띵—

귀하의 캐릭은 아바타르 길드와 항쟁 중인 캐릭이기에 강제 로그아 웃 시 캐릭이 무방비로 삼십여 분간 필드에 남아 있습니다. 로그아웃을 진행하시겠습니까?

…결국 싸우라는거네. 제, 젠장.

좋아, 그렇다면 한번 해보자!!

배가 부르니(?) 위험한 오기가 발동했냐고?

아니다.

그동안 필드에 나가지 못한 억울함이 이 한번에 터져 나왔다. 필드에서 사냥해 보니 내가 그동안 얼마나 억울한 처지에 놓여 있었는지 절감한 것이다.

나도 성질있다.

파티 세팅을 풀고 대인 모드로 캐릭 컨트롤을 전환했다.

죽어도 한 놈만 잡고 죽자!

소박한 각오를 구겨넣었다.

어리둥절해하는 미요를 파티에서 강제 탈퇴시키고 싸움이 한창인 계곡 입구로 캐릭들을 우르르 끌고 달렸다.

"어? 싸우러 가는 거야? 우왕— 오빵~ 나 싸움 같은 거 못 해!!"

"누님, 도와주지 않아도 됩니다. 알아서 돌아가세요."

"힝~ 못.된. 놈. 재수없는 놈. 한 방에 죽어라—!!"

조, 조것이… 그래, 미요의 악담은 축복이다, 축복.

그녀의 저주를 축복 삼아 앞으로 달렸다.

눈앞으로 강렬한 이펙트가 팟팟 터졌고 에너지 역장의 회오리가 손끝으로 날카롭게 스치고 지나갔다.

가상 세계에서 할 거 다 하고 제일 마지막에 하는 게 유저 간의 항쟁인 길드전이라 했다.

그런데 난 뭐야?

아직 즐길거리가 얼마나 많은데 벌써부터 싸움박질이라니.

'심판의 검'의 저주는 아직 나를 떠나지 않았다.

Act 02
클로즈 필드

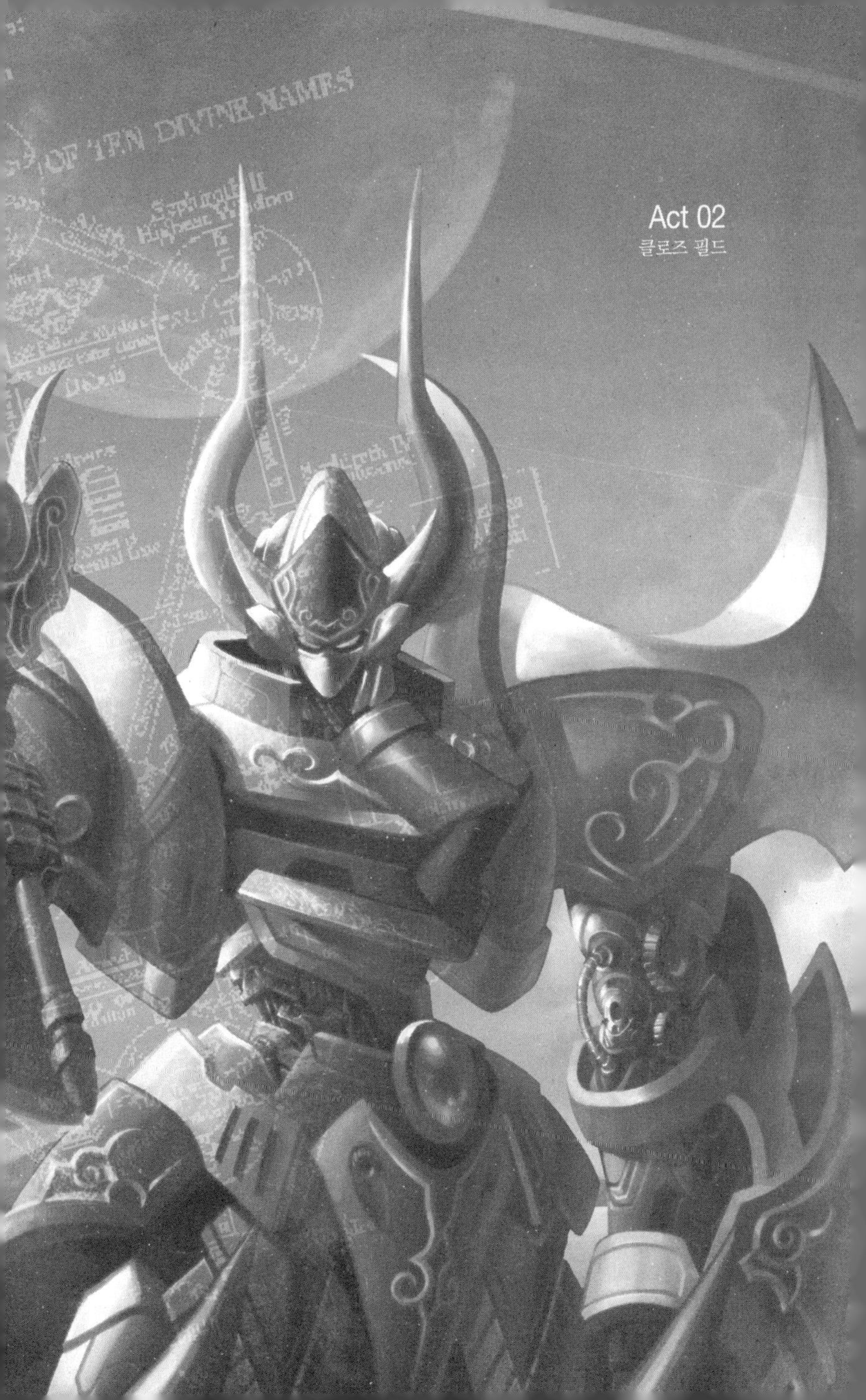

機甲戰記
Massacre
기갑전기 매서커

번쩍, 콰과과광—!

"우와악—!"

샛파란 섬광이 작열하며 몇몇 유저가 공중으로 튀어오르고 진눈깨비 굵기의 파편이 사납게 휘날렸다.

계곡 입구는 뚫리기 직전이었다.

"마법병단이 넘어올 때까지 게이트를 지켜라!"

"대장, 왜 이렇게 늦죠?"

"필드 다섯 군데가 동시에 습격당했다. 망할 놈들, 치사하게 인해전술로 밀어붙이다니."

게이트 책임자랑 한 길드원이 나누는 대화로 모든 상황이 선명하게 전해졌다.

게이트 책임자가 고개를 숙여 통신으로 모종의 대화를 하더니 외쳤다.

"10분, 10분간 버텨내야 한다. 10분!!"

"아!!"

절망에 가까운 한탄이 길드원들 입에서 흘러나왔다.

내가 보아도 입구는 곧 무너지기 직전의 상황이라 10분을 버티기란 불가능해 보였다. 아무리 10레벨의 우위에 놓여 있어도 쪽수에서 밀리고 있었다.

먼저 레드 홀을 입구 한 켠에 버티게 배치하자 이빨 빠진 대형이 다시금 꽉 채워졌다.

쿠오오오오—!

그러나 다수의 몸빵 유저가 아닌 그저 덩치만 거대한 펫이기에 그리 든든해하지 않는 분위기.

하나 레드 홀의 진가는 이후에 드러났다.

입구를 열려는 모든 마법이 덩치 큰 레드 홀에게 집중되었다. 제일 먼저 걸어준 정령 갑옷이 너덜하게 흐트러지며 부스스 사라졌고, 매직 쉴드도 얼마를 버티지 못하고 유리처럼 산산이 조각 나 흩어졌다.

그래도 10초를 벌었다, 라는 소근거림이 들려왔다.

이놈의 귀는 왜 이리 밝은지.

계속해서 정령들이 던지는 정령탄과 단위 마법체들이 레

드 홀에게 집중적으로 떨어졌다.

아주 타깃팅 하기 좋은 표적이라 걸레로 만들 요량.

슈샤샤샤샥— 스팅!

푸스스스— 레드 홀의 몸에서 연기가 모락모락 피어올랐다.

양측 모두 이 한 번의 공격 결과를 보려고 공세가 약간 느슨해졌다.

레드 홀의 피통이 반 토막 났다.

"오—!"

그 공격에도 건재한 레드 홀의 모습에 바보 같은 탄성이 양측에서 터져 나왔다. 그러나 그게 다가 아니지.

레드 홀에게 새로운 비기가 있었으니… 치유의 포효!

쿠오오오옷—!!

레드 홀의 포효에 반 토막 난 피통이 80퍼센트까지 주르르륵 차올랐다.

"우와—!"

펫이 자신의 피를 스스로 채우다니!

몇몇 유저들의 턱이 쩌억 벌어졌다.

후후, 이런 걸 경이라 하지.

높아진 충성도에 테이머 지오의 높은 친화력까지 합쳐져 일개 펫인 레드 홀에게 '스킬'이 발생했다. 무하하—

재수없다고?

할 수 없다. 뭐, 내가 내세울 게 있어야지.

이에 맞은편 적 진형의 전위에서 공격을 독촉하는 칼칼한 음성이 선명히 들렸다.

"뭘 감탄하고 있어, 곰탱이를 집중 공격하라고─!"

고, 곰탱이? 감히 레드 홀을 곰.탱.이.라니.

아무리 억울하고 억울한 나도 쓰지 않는 단어를…….

나의 표적은 바로 너!

레드 홀의 피가 금세 채워지자 다시금 더욱 매서운 공격이 떨구어졌다. 휘몰아치는 역장이 멀리 떨어진 캐릭들의 옷을 찢어놓을 기세로 흔들렸다.

"레드 홀에게 피 좀 채워주세요."

헬 켓 길드의 길드원들이 내 말에 고개를 끄덕였다.

길드의 조직력답게 두 명의 성직자가 곧 레드 홀을 지원하기 시작했다.

레드 홀이 죽을 만하면 차오르지, 다 됐다 싶으면 자체적으로 피를 채워 버리니 이 그림은 상급 던전의 보스 몹의 현신과 다를 바 없었다.

아바타르 측 길드원들의 얼굴에 짜증이 덕지덕지 붙으며 조급함이 엿보이기 시작했다. 10레벨 다운을 감수한 기습임

에도 그만큼 동원된 길드원들의 수가 많아 자신했는데 생각
지도 않은 복병이 등장했기 때문이다.

한데 그것으로 끝이 아니다.

캐릭 중 다크 엘레멘탈 리스트 지오를 내세웠다.

모든 마나를 이 한번의 스킬에 다 담았다.

"타르타로스의 굴절!!"

슈와아아아—

멀쩡하던 땅에서 검붉은 안개가 아지랑이처럼 피어올랐
다.

옅게 피어오르던 안개가 순식간에 짙어졌다.

검붉은 안개가 좁은 입구에 완벽하게 자리 잡자 적들이 발
한 모든 마법체와 정령체가 안개를 거치면서 약간씩 틀어져
목표물에 비껴 떨어지기 시작했다.

자연 치명적인 크리티컬 데미지가 순식간에 줄어들었다.

이것이 타르타로스의 '굴절 안개'가 발휘한 효과.

물론 이 효과를 노리고 모든 마나를 쥐어짜 안개를 유지시
킨 건 아니다.

매서커 지오가 이 안개 속으로 스며들었다.

전사지만 파티원이 발현한 보너스에 예의 은영망토의 걸
치고 적진 깊숙이 파고들었다.

음, 솔직히 포복했다.

포복?

땅바닥을 기었단 말이다.

치이이이익—

머리 위로 화염 개열 단위 마법체 하나가 검붉은 안개를 태우고 지나갔다. 지나간 자리에 백색 항적운 같은 효과가 생겼다.

이 경우엔 반대로 맑아진 것이지만.

"불, 불이다! 화염 마법으로 이 재수없는 안개를 태워 버려!!"

목표물이 친절하게 자신의 위치를 알려왔다.

그는 길드 기사 정복을 멋들어지게 차려입은 채 무기로는 짧은 단검과 칼을 양손에 들고 있었다. 기사와 어쌔신 직업을 조합한 캐릭으로, 어감에 관록이 붙어 있는 게 현장 장악력이 대단했다.

그자를 목표로 잡고 타깃팅을 끌어왔다.

레벨이… 허엇, 102. 뭐 이렇게 높아?

나에게만은 레벨 다운이 적용 안 되는 것인가?!

하긴 나와는 이미 항쟁 중이니.

살금살금 접근하면서도 데미지가 들어갈지는 솔직히 자신이 없었다.

심판의 검을 착용한 것도 아니라 더욱 그랬다.

중간 중간 어째신 특수 스킬을 발동해 상대편 특공대의 침입을 디텍팅하는 게 여간내기가 아니었다.

나는 놈의 정면에서 벌떡 일어섰다. 자연 뒤집어썼던 망토가 흘러내리며 나의 모습이 선명하게 드러났다. 그는 눈이 부릅떠짐과 동시에 굽은 한날검을 아래에서 가차없이 치켜올렸다.

치악―!

이 단 한 번의 반응에 물리력 공격을 무마하는 정령 갑옷이 사라져 버렸다.

세다!

나는 그를 가격하려던 계획을 수정했다. 단 한 번의 범위 스킬로 전환해 해머를 내려찍었다.

"으라차차, 대지의 습격―!"

부우우웅― 투덩―!!

그는 스치듯이 나의 해머질을 피했다. 고수다운 움직임.

동시에 그의 가소롭다는 눈이 나와 마주쳤다.

…가소롭겠지. 하지만… 비켜줘서 감사합니다.

그를 비켜 맨땅을 때린 해머 끝에서 범위 스킬의 충격파가 붉은 형광빛 파문 효과를 그리며 번져 나갔다.

우르르룽― 쿠과광!!

땅이 폭격을 맞은 듯 들렸다 떨어졌다.

이 한 번의 공격에 무수한 유저들이 데미지를 입고 로그아

웃한다면 얼마나 통쾌할까마는… 약간의 데미지와 해머 끝을 중심으로 지름 8미터의 깊은 웅덩이가 생겨 버린 게 다였다.

깊은 웅덩이.

그 웅덩이 속으로 아바타르 길드원들이 중심을 잃고 넘어졌고 자기들끼리 어처구니없이 포개졌다.

단박에 공격 핵심에 구멍이 뻥 뚫렸다.

중심을 잡고 있는 것은 꺼져 버린 중심점에 자리한 나와 공격대를 지휘하는 적의 리더뿐.

내가 일으킨 효과에 그는 뻥진 표정으로 바라보았다.

맞아도 별 아플 것 같지 않은데 이 무슨 꼴이란 말인가, 라는 후회의 눈빛.

후회되지? 후회될 거다.

나 역시 그가 선보인 눈빛을 흉내 내 그를 바라보았다.

"이익! 죽어!!"

분노한 리더는 전용 스킬을 발동해 나에게 칼질을 마구 퍼부었다. 매서커 지오의 복부에 1초에 12번의 칼이 들어왔다.

데미지가 주르르륵 올라갔다.

레벨 차에 따른 따른 데미지라 좋은 갑옷을 걸쳤어도 순식간에 피가 닳았다. 그래도 남아도는 건 피밖에 없는 캐릭인지라 푹꺼진 웅덩이를 벗어나 굴절 안개 속으로 몸을 숨길 정도까지 넉넉히 버텨냈다.

"뭐, 뭐, 이런……."

데미지는 잘도 들어가는데 질기도록 피통이 남아 있으니 사라지는 나를 두고 리더는 맥 풀린 기함을 터뜨리고 말았다.

'원조 캐릭' 다웠다. 장하다, 매서커 지오!

물러나는 동시에 메이지 지오와 엘레맨탈 리스트 지오, 두 캐릭으로 하여금 '워터 폴'과 '물의 정령'을 동원해 움푹꺼진 웅덩이에 스킬을 발동했다.

사라라라랑— 첨벙—!

웅덩이는 순식간에 물이 채워지며 끈적한 진창으로 화했다.

적 중에 레벨이 낮은 유저들은 없어 보였지만 수렁으로 변한 웅덩이를 벗어나기엔 레벨이 높은 것하고는 상관없었다.

이 모든 게 우연의 연속처럼 보인다만 나름대로 캐릭들을 살리기 위해 연구한 결과의 산물이다.

죽이기 어렵다면 고랑탕이라도 먹여야 되는 거 아냐?

너도 그럴 것이다.

이런 식으로 내 캐릭들이 가세하자 뚫리기 직전까지 몰렸던 계곡 입구가 제법 여유를 찾았고, 시간을 확실히 벌어다 준 셈이 되었다.

헬 캣 길드원들이 감사의 눈인사를 보내왔다.

이후 게이트를 타고 헬 캣 길드원들이 속속 당도하더니 얇아진 진영을 두텁게 보강해 갔다.

일명 '선빵' 효과는 사라진 것이나 진배없다.

그러나 10분이 지났음에도 헬 켓 길드의 전투 전문 집단인 마법병단은 도착하지 않았다.

"리더! 마법병단은 어떻게 된 겁니까?"

"모, 모르겠다. 다른 필드로 지원나갔을 리는 없는데……."

리더가 말끝을 흐리는 게 그도 아는 게 없는 눈치였다.

또다시 10분이 지났지만 마법병단의 투입은 감감무소식이다. 오히려 다른 필드를 지키던 길드원들이 마법병단을 찾아 이 계곡으로 와 마법병단을 수소문했다.

"여기도 마법병단이 없잖아? 도대체 마법병단은 어디로 다 사라진 거야?"

"……!!"

서로의 절박한 사정만 확인하고는 당황해 쩔쩔맸다.

"누구 마법병단에 아는 친구 있으면 개인 단말기로 연결해 봐!"

속이 바싹 타 들어간 리더가 발을 동동 굴렀다.

계곡 입구는 20분 전과 같은 위기 상태로 돌아와 있었다.

버티고는 있지만 중과부족을 메꿀 정도는 아니었고, 산소 호흡기를 단 뇌사 판정 환자나 마찬가지.

타르타로스의 붉은 안개는 이미 태워져 전부 사라졌다.

적대 길드인 아바타르 길드원들도 무한 피통을 보유한 레드 홀을 노리기보다는 비교적 약한 유저 쪽으로 공격 방향을 전환했다. 헬 켓 길드원들은 마력장에 휘말려 피통이 줄어들었고, 이어 이들을 노리고 등장하는 암살자들의 검에 마무리되어 꺼꾸러져 갔다.

성직자 캐릭들로 하여금 동료들의 피를 채울 틈 자체를 주지 않았으니 공격 연계가 척척 들어맞는 게 학살의 톱니바퀴가 돌아가는 것이란 이를 두고 말하는 그림이었다.

피해가 커져 감에 리더는 평정심을 잃고 방방 뛰었다.

"뭐, 뭐라?! 열 명이 모이기로 한 소모임 산행에 백 명이나 모였다고? 당했다!"

"……!!"

헬 켓 길드의 마법병단은 실종되지 않았다.

단지 가상 세계와 완벽히 단절된 세계에서 단합 대회를 즐기고 있었을 따름이었다. 이는…….

농간!

"비, 빌어먹을. 여러분, 최선을 다해 싸워… 봅시다…….

나조차 맥이 풀리는데 헬 켓 길드원들이야 오죽할까.

곳곳에서 농간을 저지른 자들에 대한 욕지기가 터져 나왔다.

아, 이대로 협잡꾼들의 득세로 가상의 세계마저 로망이 사라져 버린 것인가—!

사람 사는 곳은 어디나 있고 당하는 일이다만 가상의 영역에서까지 이런 일이 생겨 버리니 로망이니 낭만이니 하는 단

어는 게임의 선전 문구로 사용하지 말아야지!

　정말······.

　이건 아니잖아!!

*　　　　*　　　　*

　적들의 공세는 점점 더 강해졌고, 계곡을 지키던 유저 중 반수가 죽어나갔다. 마을에서 부활해 게이트를 타고 넘어오는 유저들의 수가 점점 줄어들더니, 돌아와서는 슬그머니 자신의 사체에서 아이템만 챙겨 계곡 안쪽으로 숨어드는 자가 나타나기 시작했다.

　리더의 얼굴이 붉으락푸르락 변하는 게 가상에서도 느껴질 정도, 이래서 길드전은 이긴 편이든 진 편이든 지저분하다.

　이긴 놈은 시체 턴다고 혈안, 진 놈은 본전 건지시겠다고 동료를 내팽개치기에.

　리더는 패색이 짙어지자 나에게 다가왔다.

　"5분 이상 버티기가 힘들 것 같네요. 덕분에 잘 버텼습니다. 이제 펫을 불러들이고 물러나셔도 됩니다."

　"어차피 뚫리면 계곡 안까지 샅샅이 소탕할 텐데 여기서 죽으나 나중에 죽으나 마찬가지죠."

　"아이템들이 비싸 보이는데······."

"할 수 없죠. 다 털리고 펫까지 빼앗겨도 길드전 대상이니 감수해야지요."

리더의 입가에 씁쓸한 미소가 맺혔다.

"멋진 펫인데 어쩌다 적이 되셨는지……."

"손목 한번 잘못 잡혀 그렇습니다."

"…에?"

"허허, 그럼 전 통쾌하게 못 싸웠으니 발악이나 한번 해보고 갈렵니다."

"좋습니다. 우리 같이합시다. 뚫고 달아나는 길드원이라도 있으면 다행이죠."

우리 둘은 고개를 끄덕였다.

리더는 무언가 길드원들에게 지시를 내렸다.

헬 캣 길드원들의 눈빛이 서서히 달아졌다.

후위로 물러나 휴식을 취하던 길드원들도 일어나 대열에 합류했다.

일제 돌격, 가상 세계에서도 하게 될 줄이야.

리더의 입에서 돌격의 외침이 터지려는 찰나,

게이트를 통해 두 명의 유저가 불쑥 튀어나왔다.

하고많은 길드원들이 부활해 돌아오기에 다들 관심을 두지 않았다.

근데 나타난 메이지 복장의 캐릭이 두 손에 든 완드를 교차해 들었다.

츄창—!!

소리가 예사롭지 않았다.

교차 지점에서 스파크가 발생하며 에너지체 하나가 맺히더니 포물선을 그리며 반대편으로 날아갔다.

소리없이 날아간 새파란 궤적이 어떤 효과보다도 강렬하게 두드러졌다.

쿠—와아아아앙!!

적 진영 한가운데에 떨어진 마력체에 의해 십여 명의 캐릭이 공중으로 튕겨 올라갔다.

이어 스스스슷— 하는 두터운 먼지 파도를 동반한 충격파가 밀려와 양측 모두의 시야를 뿌옇게 가렸다.

덮쳐 오는 먼지 파도 속으로 방금 도착한 기사 캐릭이 파고들었다.

"우햐압—!!"

기합이 쩌렁 울리며 보랏빛이 도도히 흐르는 검의 궤적이 적의 진영을 유린하는 게 거침없이 펼쳐졌다. 버서커 포션을 주입받아 폭주하던 다급발이가 생각날 정도로 검의 흐름은 강렬했다.

그제야,

"와아! '일단' 형과 '나락' 님이다."

헬 켓 길드원들이 환호성이 곳곳에서 일어났지만 '일단'
이라는 메이지는 차갑게 외칠 뿐이었다.

"이때다! 달아나려면 이때뿐이다! 멍청하게 서 있지 말고
앞으로 달려—!!"

나는 놀라운 그림을 연출한 캐릭들을 살폈다.

일단이라는 메이지는 '일단 한번 먹어봐' 라는 유저명을
줄여서 '일단' 이라고 부르는 듯. 그와 같은 방식으로 '나락
의 검' 이라는 기사 유저는 '나락' 으로 줄여서 부른 것임을
알 수 있었다. 그런데… 일단 한번 먹어봐?!

나에게 온갖 실험을 가하고 버서커 포션을 건네준 바로 그
매드 메이지, 그때의 장난끼는 온데간데없고 지금의 모습은
위엄이 배어 있는 것이 전혀 다른 인물 같았다.

오호라, 저 광기의 보랏빛 궤적은… '약.빨.' 이라는 이야기!

"와아아아—!!"

함성을 지르며 헬 켓 길드원들이 뿌연 먼지 속으로 달려나
가기 시작했다. 원래부터 일제 돌격을 준비하던 터라 곳곳에
서 난전이 벌어졌다.

"기휩니다. 달립시다!"

"……."

리더는 자신이 할 일이 없음에 어깨를 으쓱하고는 앞으로
튀어나갔다. 나도 캐릭들을 이끌고 달렸다. 일단이라는 매드
메이지에게 따지고 싶은 게 많았지만 그가 어디 소속인지 이

제 알았으니 그걸로 된 거다.

지금은 캐릭들을 살릴 수 있는 기회.

그런 나의 뒤로 일단이라는 매드 메이지가 따라붙은 것은 자욱한 먼지로 인해 미처 눈치 채지는 못했다.

우워어억―!

등 뒤로 레드 홀이 부르짖는 단말마의 비명이 구슬프게 들려왔다. 이런 경우 충성도는 얼마나 떨어질까? 엄청 토라질 텐데… 그리고 얼마나 먹어치울까?

끄응, 생각하기 싫었다.

아바타르의 포위망과 사나운 난전을 뚫고 캐릭들을 건사하는 데 성공한 상태. 이제 따라붙은 추격대만 뿌리치면 되었다.

나의 캐릭들과 일부 잔여 헬 켓 길드원들은 앞만 보고 내달렸다. DEX치가 떨어지는 내 캐릭들이 점점 뒤로 처졌다.

'일단'이라는 중년 유저가 캐릭 중 뒤처진 매서커 지오에게 다가와 어깨를 나란히 한 상태에서 눈인사를 던져 왔다.

그는 매서커 지오를 잊지 않고 있었다.

눈꼬리가 휘어지는 그 장난기 넘치는 눈웃음.

으― 니글해.

발끈하고 따지려는데 거래를 걸어오는 게 아닌가.

엥?! 거래창엔 갈색 포션이 10개 올려져 있었다.

이것은 '아크 알키미스트'의 고순도 DEX 포션!

그냥 받으라는 손짓을 보내왔다.

'아크'와 '고순도'라는 단어에 홀려 넙쭉 받았다. 이 단어만 붙으면 어느 유저라도 자동이다, 이 접두사의 마력은.

받기는 했는데 만든 당사자의 고대하는 표정을 보니 포션의 효과를 믿어야 하나 말아야 하나?

언제나 그렇듯이 매서커 지오로 하여금 복용시켰다.

나의 오리지널 캐릭은 언제나… 몸으로 말한다.

오─ 오! 이럴 수가!!

DEX 수치가 50이나 올랐다.

이런 개.사.기.가! 그럼 이에 동반되는 페널티는?

나의 눈이 매섭게 그를 노려보았다.

그는 나의 이런 의심스러운 반응에 거만한 표정으로 손가락 세 개를 퍼 보이곤 천천히 O자를 만들었다.

효과는 3분간 지속되며 부작용은 제로!

3분, 3분이면 추격대를 따돌릴 수 있는 충분한 시간이다.

그의 거만한 표정을 믿기로 했다. 표정이 정직한 캐릭이기에.

재빨리 캐릭들에게 포션을 넘겨주어 복용시켰다. 이후 지오들은 발바닥에 땀 나도록 내달렸다.

근데 포션은 고마운데 왜 자꾸 따라오는 거여?!

호, 혹시 아직도 이 뜨거운 몸뚱아리에 관심(?)이 있는 거야?

따라오는 일단이 때문에 뒤가 간지러웠다.

회색 암반 지역에 도착해 휴식에 들어갔다.

길이 전형적인 외길이라 수비하기가 적당한 곳이었다.

어쩌다 동행이 된 헬 캣 길드원들이 여유를 찾자 투덜거리기 시작했다.

"뭐, 이런 놈들이 다 있어?"

"그러니까, 기동대는 이제야 산에서 내려오고 있다고?"

"허허, 참, 게임 가관이네, 가관이야."

"제길, 클로즈 필드 다섯 곳이 다 넘어갔다는군."

"…에혀, 길드 접어야겠네요."

흐음, 길드 밑천이 거덜난 셈이군.

길드원들의 이런 걱정과 푸념에도 운영위원인 일단은 아무 반응이 없었다. 따라오면서 내내 실실거리던 웃음이 사라지더니 무언가를 골똘이 고민하는 표정이다.

그리고 어디서 나타났는지 알 수 없는 낯선 유저로부터 무언가를 조심스레 건네받았다. 그 낯선 유저는 이후 곧바로 사라졌고, 일단은 고개를 떨군 채 한숨만 깊이 내쉬었다.

그럴 것이다.

길드를 재건하려 해도 지금처럼 꽉 짜여진 세력 구도 속에선 막막하겠지.

더 이상 이들과 함께할 이유가 없기에 지오들을 일으켜 세웠다. 한 20분 빙 둘러가더라도 도시에 들어간 뒤에 로그아웃을 할 생각이다. 그 순간 뒤에서 일단이가 나를 불러 세웠다.

"마을로 가려는가?"

"왜요?"

자연스러운 하대에 퉁명하게 대꾸했다.

"음, 동료가 소중한 펫을 잃은 건 안타깝게 생각하네. 다시 부활시키려면 죽은 자리를 찾아가야 할 텐데……."

"뭐, 어떻게 되겠죠. 오늘만 날이 아니잖아요."

"부활 기한은 한 달이지만 시간을 끌수록 충성도가 급격히 떨어질 텐데?"

"운명이려니 해야죠. 괜히 오래 생각한다고 해결되는 것도 아니고."

"여튼 본의 아니게 휘말리게 해서 미안하게 생각한다네."

"헬 켓 길드원들이 미안할 일이 아니지요. 오늘의 최대 피해는 헬 켓 길드잖아요. 그럼 전 이만 가렵니다."

"아, 잠깐. 게이트를 열어주겠다는 말을 하려 했는데 정신 없이 말만 길어졌군."

"게이트?!"

"그렇네. 추격대는 돌아갔다고 그러는군. 여기에 임시 게이트를 만들어도 괜찮지 싶어. 여튼 손님이니 제일 먼저 타고 넘어가라고."

"그래도……."

"낭연히. 자네 파티 덕에 그나마 버티지 않았나."

"그럼 신세지겠습니다."

필드를 20분 빙 둘러가느니 게이트를 타고 마을 안으로 들어간다면 편한 것도 편한 것이지만, 만약 도시 입구에 아바타르 측 토벌대가 진을 치고 있다 해도 마찰을 피할 수가 있는 것이다.

안전하게 도시로 들어갈 수 있는 게이트를 열어준다는데 마다할 이유가 없다.

역시 사람은 알고 지내야 한다니까.

"아, 그리고 이건 선물이네. 자네와 나만이 아는 사과의 뜻이지."

"……."

어라? 레벨을 다운시키는 버서커 포션 사건 때문인가? 흐음, 늦었지만 사후 서비스는 좋은데.

"자네 같은 좋은 실험체는 없었다네."

"뭐, 뭐요?! 아니, 이 아저씨가!! 아직도."

버럭!!

"아, 아니, 뭐, 그렇다는 거지. 받기나 하게."

"나참."

툴툴대도 준다는 거 마다하지 않는다. 거래창에 올려진 하얀 배낭을 냉큼 챙겼다.

이건 레벨 다운당한 위자료야, 위자료라고!

3레벨이 까였지만 실상은 6레벨이 까인 것이나 마찬가지 아닌가.

오잉? 배낭에 붉은색 고양이 귀가 붙어 있네.

하여튼.

"아크 알키미스트를 자네처럼 무시하는 유저는 처음 보네. 히든 클래스를 부여받은 캐릭에게 최적화된 포션을 연구 중인데……."

달콤한 자신의 성과를 늘어놓으며 궁시렁궁시렁.

귀가 솔깃, 벗뜨!

됐거든요!!

나는 일단에게서 고개를 돌려 버렸다. 괜히 엮이어 일곱 캐릭 중 유일하게 히든 클래스를 부여받은 매서커를 무직으로 돌려 버리면 어쩌란 말인가.

암, 해킹툴을 연구하는 사람과는 엮이지 말아야 해.

나의 외면에 그제야 일단은 쭈그려 앉아 마나 석필로 바닥에 마법진을 그리기 시작하더니 궁시렁거리며 수인을 맺기 시작했다.

수인이 진행될수록 대기 중에 빛의 와류가 맺히면서 마법진으로 몰려들기 시작했다.

쏴아아아—

바닥에 내려앉은 와류는 빛의 웅덩이로 변모했다.

빛의 웅덩이가 짙은 회색빛의 집합이라 조금 뜻밖이었다. 원래 아름답게 밝아야 되는 것 아닌가?

음… 칙칙해. 급히 만들어서 그런가?

"잘 가시게. 또 볼 일이 있었으면 좋겠는데…….."

"선물은 감사합니다만, 저 몸값 비쌉니다."

> 일단님께서 친구 등록을 신청하셨습니다.

> 지오님이 일단님의 친구 등록을 거부하였습니다.

어허, 이 아저씨가 내 몸에 미련이 남아 가지곤…….

징그러운 상상에 부르르 떨며 캐릭들을 이끌고 게이트로 진입했다. 등 뒤로 매드 메이지 일단의 눈빛에 아쉬움과 안타까움이 맺혀 있는 게 마음에 걸렸지만 무시했다.

이 몸은 그때의 저렙 피통전사가 아니라는 말씀.

…돌아설 땐 냉정히.

*   *   *

"……?!"

빛무리를 거쳐 당도한 곳은 전혀 뜻밖의 장소였다.

만신전이라는 판테온을 연상케 하는 석조 건물 내부로, 음습하고 우중충한 것이 분위가 그리 썩 마음에 들지 않았다.

출구?

어디에도 나가는 길은 안 보였다.

도시에 이런 장소가 있었던가?

여기가 어디란 말인가.

내부 중앙엔 '부활의 석판'이 자리하고 있었다. 같은 부활의 석판이라도 검은 것이 아주 불길한 아우라가 넘쳤다.

지도를 열어봐도 위치 좌표마저 생성되지 않았다.

"이 영감쟁이가 나를 어디로 보낸 거야—?!"

원형의 석벽을 따라 유심히 살펴보았지만 그 어디에도 통로의 흔적은 찾을 수 없었다.

뭐야? 도시로 보내준다더니 뭐, 이딴 장소로 보낸 거야.

날 생체 실험에 쓸려고? 이런다고 내가 협조할 리 없잖아.

일단이가 보여주었던 씁쓸한 미소에 다른 뜻이 숨어 있는 게 아닐까 하는 생각이 비칠 스음,

남쪽편 석벽 한 켠이 올라가며 누군가가 안으로 들어왔다.

오, 통로다.

지오들을 이끌고 열린 공간으로 뛰어갔다.

하나 중간에 우뚝 멈추어 설 수밖에 없었다.

선명하게 드러나는 붉은 점들!

바로 아바타르 길드원들이었다.

그것도 레벨 100이 넘는 완전무장한 유저들이었다.

뭐, 뭐야?!

그럼 이곳은 도시 안이 아니란 말인가?

키 크고 멋들어진 망토를 두른 캐릭이 선두로 걸어나왔다.

은은한 미소를 피우는 게 우리가 서로 잘 아는 친구가 아닌가 싶을 정도로 친근했다.

유저명은 '단죄의 검'으로 공개되도록 설정되어 있었다.

"지오님, 환영합니다."

"환영?"

내 유저명은 비공개로 설정했는데…….

"하하, 일단 한번 죽어주셔야겠습니다."

"에?!"

말이 끝나기가 무섭게 그가 대동한 캐릭들의 검끝에 형형색색의 빛덩어리가 맺히는 게 시야에 잡혔다.

우우우웅—!!

헛, 저것은?!

Part 2 기사의 상징이라는…….

…오, 오러다!!

"자, 잠깐!!"

쇄에에에엑!!

환한 섬광이 두 눈 가득 들어왔다.

"……."

…데드!

Act 03
무한수옥

機甲戰記
Massacre
기갑전기 매서커

오러!

감각을 느낄 틈도 없었다.

부활을 지정한 도시는 지도에 나타나지 않습니다. 지정 도시에서 부활하실 수 없습니다. 제일 가까운 부활의 석판에서 시작하시겠습니까?

"……!!"

부활도 안 되고 유령 상태로 나갈 수도 없는 황당한 곳이었다.

뭐, 이런 장소가 있단 말인가. 유령 상태로 고민에 들었다.

그리고 나를 데드시킨 아바타르 길드원들이 단순히 자리를 지키고 있을 뿐, 내 캐릭들에게서 아이템을 챙기지 않고 있음이 보였다.

뻔한 함정!

'이곳을 부활 지점으로 지정하는 순간 나는 이곳에서 영원히 벗어날 수 없다. 망할, 함정에 꼼짝없이 걸렸구나.'

단죄의 검이라는 리더가 나의 유체가 보이지도 않음에도 손짓으로 부활하라고 종용했다.

머리가 복잡했다.

도대체 어떻게 된 일인 거야?

제, 젠장.

매서커 지오만 부활시켰다.

츄화아아아앙—

검은 석판을 통해 부활한 나에게 단죄의 검은 예의 따뜻한 웃음을 흘리며 아이템을 챙기라고 손짓했다. 주변 아바타르 길드원들도 잡템 따위엔 관심없다는 거만한 표정들이다.

끙.

아이템을 챙기지 않은 상태로 단죄의 검과 마주했다.

"이곳은 유령도 새어나갈 수 없다는 저희 길드의 자랑인 타르타로스의 전당입니다. 다른 친구 분들은 부활 안 하십니까?"

"……!"

그랬군. 관심없다.

"잠시 기다리십시오. 지오님과 면담할 담당이 곧 도착할 것입니다."

"…제가 왜 이곳에 있는 거죠?"

"그 점은 제가 답할 수 있습니다. '헬 켓 길드'의 협조로 지오님이 이곳에 계신 것이죠. 지오님의 협조 여하에 따라 영원일 수도 있고, 곧 풀려나서서 긴장 관계 역시 해결될 수도 있습니다. 그런데 친구 분들이 많이 답답하시겠어요."

"……."

주변 기사 캐릭들의 검끝에 작은 빛의 구체가 은은하게 맺혔다. 욕이 튀어나오려는 걸 눌러 담았다.

"부연하자면, 헬 켓 길드에 지오님을 이곳에 보내주는 대기로 지렙용 클로즈 필드 한 곳은 남겨둔나는 거래를 해야 했습니다. 허허, 그동안 어디에 계셨습니까? 애타게 찾았습니다."

"허—!"

일순 뇌세포 하나하나가 포맷되는 느낌.

딱히 유대가 있는 유저들은 없었지만 기만당했다는 모멸감을 가상 세계에서 다시금 느껴야 했기에.

*　　　　*　　　　*

잠시 침묵하는 사이 하늘하늘한 체형의 여성이 나타났다.

또각또각, 사라락.

규칙적으로 걸음 소리가 건물 내부를 울렸다.

발소리에 정신이 퍼뜩 들었다.

그리스 여신관 같은 우아한 차림이 그림 같았고, 약간 빈약한 가슴까지 소녀스러운 청초함이 느껴지는 여성 유저. 우윳빛 후광이 실루엣을 따라 은은하게 흐르는 게 나름의 히든 클래스를 부여받은 캐릭임을 짐작케 했다.

문제는 고아한 분위기의 얼굴이 어디서 본 듯하다는 것.

저 정도 기승전결 스펙이면 내 머리에 완벽하게 각인되어 있는데… 누구… 더라?!

아, 그녀다!

아이디는 처음 보는 것이지만 얼굴은 기억하고 있다.

바로 그녀, '루시아' 이면서 '노 글로리' … 그리고 지금은 '가시 없는 장미'.

바로 그녀가 '가시 없는 장미' 라는 캐릭명으로 나타난 것이다.

젠장.

기분 꿀꿀한데 생글생글 거리는 모습에 콱 죽여 버리고 싶은 충동이 일었다. 천천히 열을 되짚으며 충동을 견뎌냈다.

"지오님, 참 만나뵙기가 힘드네요. 이제는 어떻습니까? 다금발이님과의 만남을 주선해 줄 의향이 충분히 드셨지요? 아,

이제는 '골든보이' 던가요."

"……."

고민에 드는 척 침묵했다.

그녀가 들어온 문이 열려 있는 것에 신경이 더 갔다.

여유있게 아이템을 챙겨 걸쳤지만 다들 관심없어 했다.

"어머나, 요즘 명품관에 걸리던 그 방어구잖아요? 벌이가 좋은가 봐요?"

"덕분에……."

"그럼, 마음은 정하셨어요?"

"그래, 내가 어떻게 하면 됩니까?"

"호호, 간단해요. 지오님이 이렇게 오신 것처럼 초대를 해 주세요. 그러면 지오님의 파티 캐릭들과 지오님은 풀려 나실 수 있어요. 여섯 캐릭 중 친구 분 캐릭도 있겠죠?"

"……."

모두 나 한 사람의 캐릭들이다만 내색하지는 않았다. 캐릭들 전부 직업에 맞는 복장으로 얼굴을 가렸기에.

예를 들자면 네크로 지오의 경우엔 네크로맨서답게 오우거 해골을 완벽하게 뒤집어쓰고 있는 식이다.

그렇게 저들이 오해하도록 내버려 두었다.

여하튼 그녀의 말대로 아이디를 골든보이로 바꾼 다금발이는 나와 친구 등록이 되어 있다.

그녀의 요구는 골든보이를 클로즈 필드로 사냥 가자고 꼬드겨서 이곳으로 유인해 달라는 것.

매서커에게 친구를 팔아라?!

가상 세계의 친구는 그렇게 팔아도 되나?

골든보이에게 의리라든지 친밀감을 느낄 정도로 같이한 시간은 거의 없다시피 했다.

그래도 그를 통해 배운 게 적지 않고 매일 가상 세계로 들어오면 1분 정도 서로의 하루 일과를 물어볼 정도의 인사는 주고받는 사이다.

근자엔 골든보이는 같이 사냥갈 정도로 레벨이 무섭게 성장한 상태라 내가 초대한다면 그는 마다하지 않을 것이다.

심판의 검이 부여하는 파티 보너스를 그도 알고 있을 테니.

팔아, 말아를 고민할 게 없었다.

게임을 접었으면 접었지 남의 마음을 상하게 해가면서 즐길 생각은 추호도 없다. 더러운 음모를 제안하는 자들의 멀쩡한 면상에 치가 떨릴 뿐.

"…접죠."

"예?"

"제가 게.임. 접는다고요—!"

"오호, 기개는 좋으신데 다른 캐릭들은요?"

"……"

이런 상황을 조성하고 방글방글 거릴 수 있으니 역시 운영위원은 무언가 달라도 다르군. 가상 세계에 들어오면서 현실의 인간성 중 중요한 한 부분은 내버려 둘 수 있는 능력은 있어야 오를 수 있는 지위인 건 확실하다.

고민하는 척하면서 물건 하나를 찾았다.

접을 참인데 발악 한번 거창하게 해보고 접어야겠지.

까짓것, 뭐 있나. 딴 게임으로 멀티 트레이너 수련을 하는 거야.

버서커 포션이 딱 하나 남았는데 그 난장도 볼만하겠군. 쿡쿡.

일단에게서 넘겨받은 포션 가방을 열어보았다.

이미 접한 고순도 DEX 포션처럼 한 가지 능력치만 극한으로 끌어올리는 포션들이 종류별로 가득 차 있었다. 이것들은 나머지 캐릭들이 발악하는 데 요긴하게 쓰일 것이다.

어, 이건?!

마지막 칸에 있는 것이 이채로웠다.

'아크 알키미스트의 진화된 고농축 독연 앰플' 이라.

…이런 상황을 그는 예상했을까? 조금의 양심은 남아 있군.

캐릭들을 부활시키고 아이템과 포션을 갖출 시간을 벌기엔 그저 그만인 아이템.

아이템을 확인하고 작전을 세우기까지 그리 긴 시간이 흐른 건 아니다. 한 3초 정도.

나는 가시 없는 장미를 향해 고개를 들고 씨익 웃었다.

제법 최대한 흠모와 비굴한 눈빛을 그녀에게 보냈다.

"어때요? 협조할 마음이 생기셨죠? 불편함은 잠시예요."

"참 편하게 사시네요."

"예?!"

"아뇨, 부드런운 손이 기억에 오래 남더라고요."

"…호호."

그녀는 그러면 그렇지라는 거만한 표정을 지었다.

"내 이렇게 된 거, 깨끗하게 다금발이를 당신 앞에 대령시키리다. 지금 당장."

"호오, 지금 당장?"

"히든 클래스를 걸고 맹세하리다."

순간,

Quest

매서커의 맹세!

매서커는 적과의 약속마저도 엄수합니다. 적과 손을 잡고 맹세하십시오. 맹세가 지켜지는 순간 매서커는 더욱 매서커다워집니다. 맹세를 어길 시 히든 클래스는 소멸됩니다. 기한은 한 달입니다.

게임 접을 각오니 이 정도쯤이야.

가상 세계에서의 반쪽짜리 삶, 지쳤다.

그녀는 입을 가리고 웃으며 손을 내밀었다.

"호호, '매서커의 맹세' 라… 손을 아니 잡을 수 없군요. 그럼 맹세부터……"

"…나 지오는 '가시 없는 장미' 님 앞에 다금발이를 대령할 것을 약속합니다."

"약속을 지키지 않을 시에는?"

"…히든 클래스의 소멸을 각오합니다."

"좋아요."

힘없는 선서에 그러면 그렇지라는 거만함이 읽혀졌다. 그러나 동작 전체로 보아선 나무랄 데 없이 매력적인 자태다.

그 사건 이후 이 여성 유저의 손이 마력을 지닌 손이라는 이야기는 수없이 들을 수 있었다. 그녀가 내민 손을 잡으면 군소 길드 정도는 그냥 넘어간다거나 중요한 유저가 소속에서 이탈했다는 이야기가 대부분이었다.

맹세의 마지막 수순으로 손을 마주 잡아갔다. 그녀의 얼굴이 붉게 물들었다. 뒤통수를 맞은 상태가 아니라면 혹하지 않을 수 없을 만큼 고혹적이었다.

손을 서로 마주 잡았다.

"이게… 뭐, 뭐죠?!"

"맹약의 선물이 빠질 수야 없지 않습니까, 레이디?"

그녀의 부드럽고 작은 손을 억세게 쥐었다.

"……!!"

빠작— 파핫— 푸스스스스스—

"꺄악—!!"

앰플이 터지며 하얀 손이 녹색으로 물들어 촛농 녹듯이 보기 흉하게 녹아내렸고, 그녀를 중심으로 녹색 독연이 빠르게 번져 나갔다.

"앗, 저놈이!"

"죽여!!"

수많은 섬광이 쏟아져 들어왔다.

이미 고순도 DEX 포션을 복용한 상태라 공격 권역에서 간발의 차이로 빠져나왔다. 이어 진창 구르기로 멀찌감치 회피.

한 번 당하지, 두 번은 당하지 않아!

그때까지 가시 없는 장미의 기성이 찢어져라 공동에 울려 퍼지고 있었다. 흥, 바이오 글러브의 감도를 리얼 모드로 설정해 놓았음이 분명하군.

욕 좀 봐라!

녹색 독연이 공동을 순식간에 채워갔고, 그 상태에서 은영 망토를 들어 올렸다 내렸다.

"이따위 잔기술… 해독해."

"오~케이."

아바타르 측의 메이지 캐릭들이 나서서 독연을 해독하려 들었다.

그러나,

파자자자작! 파팟!!

"어흑!!"

해독을 시도하자마자 독연이 전격체로 변이를 일으키더니 해독을 시도한 메이지를 도리어 공격했다.

마치 살아 있는 전격 안개.

아크가 붙은 캐릭이 만든 물건은 뭐가 달라도 다르군.

그러나 저들은 고레벨답게 절대 경거망동하지 않았다.

"문을 열어 독연을 빼내! 입구를 철저히 지켜!"

목소리를 들어보니 단죄의 검이라는 유저가 지휘를 하고 있었다.

안개가 옅어지기 전에 캐릭들을 부활시키고 무장을 갖추기엔 시간이 빠듯했다. 빠른 움직임으로 안개 속을 누비며 해머를 크게 휘둘렀다.

부우우우웅— 투학—!

"크웃!"

"5시 방향. 놈이 여기 있다!"

스팡, 팟팟팟!!

낌새를 드러내자마자 원거리 스킬들이 쇄도했다. 고레벨 기사들답게 물리력을 응축해 날리는 기술이 놀라웠다. 모두 100레벨은 넘었다는 이야기로, 전원이 우러러보기도 까마득한 고렙 유저들이었다.

여하튼 그런 식으로 의도적인 흔적을 드러내며 시선을 끌었고, 그사이에 부활한 캐릭들이 사체를 찾아 아이템을 챙길 수 있었다. 다행히 안개는 낮게 깔려서 계속 증식을 일으키며 빠져나가지 않고 있었다. 대단한데…….

버서커 포션을 준비하며 필요한 타이밍을 견주는데 앙칼진 목소리가 울려 퍼졌다.

"죽여, 빨리 죽이란 말야! 고작 레벨 85짜리를 못 잡아서야 말이 안 되잖아!!"

바락바락 내지르는 목소리는 등짝에 털이 모두 곤두설 정도로 날카로웠다.

오, 너 거기 있었냐?!

목소리가 난 지점을 향해 내 캐릭들이 할 수 있는 최대치의 단일 공격을 퍼부었다.

샤샤샤샥, 쇄에에엑!!

퍼펑―!

"꺄악―!"

빙고!!

이후 그녀의 목소리가 다시는 장내에 흐르지 않았다.

그녀의 차림을 보건대, 그저 걸친 방어력 제로의 단순한 옷이 맞았다.

매서커의 둔기로 까지 않은 게 안타까울 따름.

매서커 지오님의 파티원들과 아바타르 길드 간에 적대 관계가 완벽하게 형성되었습니다. 파티원 전원, 길드의 적으로 등재되었습니다.

Quest

일곱이 하나, 하나가 일곱!

당신은 매서커와 함께 아바타르를 상대로 한 항쟁에 수차례 참여했고, 이로 인해 '학살 동반자'로 지목되었습니다.

매서커와 함께한 파티는 험난합니다.

하나 그와 함께한 고난은 여러분을 성숙시킬 것입니다.

합심해 공동의 적을 데드시키십시오.

파티원 보상:적들을 죽일 시 캐릭 스텟 중 최대 스텟이 1씩 증가합니다. 1명을 데드시킬 때마다 스킬 포인트가 1씩 부여됩니다.

뭐, 이쯤 되면 학살 공장을 차리라는군. 바라던 바.

적들의 외침이 들렸다.슈

"나머지 캐릭들이 부활했다. 입구를 보강해!"

감사하게도 내가 탈출하지 못하도록 신경 쓸 뿐, 장내를 누비는 데는 문제없었다.

85레벨의 일곱 캐릭이 오로지 하나의 캐릭에만 달려들어 잡는 것은 그리 어렵지 않다. 도시에 갇힌 한 달 넘게 그것에

만 죽어라 매달렸다.

난 한 놈만 잡아—!!

위이이잉— 뿌억!

"크윽—!"

한 놈 데드.

녹색 안개는 눅눅해진 솜사탕 같아 좀처럼 빠져나가지 않았다. 감추어놓은 비장의 수를 공개하기에 그저 그만인 환경.

네크로 지오가 언데드 유저를 소환해 냈다.

단 하나의 언데드를 소환했는데 네크로 지오의 엠통은 바닥을 드러냈다.

소환된 언데드 유저는 핏기없이 백색 분을 바른 으스스한 외모에 삐쩍마른 장신으로 한손검과 길쭉한 어쌔신 블레이드로 무장한 상태다.

그는?

그렇다, 그는 바로 다금발이다!

그 다금발이를 이 몸이 언데드로 만든 것이다.

네크로 지오의 원대한 프로젝트인 '불사의 군대' 첫 병사가 바로 다금발이다.

언데드임에도 나의 컨트롤을 받아 동작의 끊어짐없이 유려하게 움직였다.

다다다다다.

다금발이의 검과 칼이 춤을 추었다.

스팟, 쓰아악— 까가각!

"크앗—!"

"헉!"

저들처럼 검끝에 에너지를 모아 발출하지 못할 뿐이지 근접전에서 다금발이는 야당 지존 소리를 듣는 존재.

다금발이가 스치고 지나가는 장소마다 깊은 당혹성이 터져 나왔다.

"뭐, 뭐야? 데미지가 들어오잖아? 저 자식, 레벨 85 맞아?"

"한 명 더 늘었다. 대체 어디서 나타난 놈이야?"

"소드와 블레이드를 함께 쓰고 있는 녀석을 조심해!"

"뭐가 보여야 죽이지, 이놈의 안개 좀 어떻게 해보라고."

"메이지들을 더 불러야겠습니다."

"집어치워! 실드 내에 우스운 소문만 퍼뜨려서 어쩌자는 거야!!"

"그렇지만……."

츠파앗— 슈각!

뿌억—!

"우헉!"

다금발이가 앞에서 칼질하고 매서커가 정령이 스며든 둔기로 뒷통수를 내려쳐 레벨 90 중반 어림의 기사 유저를 쓰러뜨렸다.

아무리 둘의 합작이라도 언데드 유저 소환수치고 너무 강하지 않냐고?

다금발이는 원래 강하다. 그것도 무지.

물론 언데드로 화한 상태에서 그 능력을 고스란히 가지고 있지는 않다. 언데드 자체로는 살아 있을 때 습득한 고유 스킬을 발휘할 수 없을 뿐 아니라 능력치에서 약간씩 처지는 게 사실이다. 그런 점을 감안하기에 네크로맨서 캐릭들이 높은 레벨의 언데드를 소환수로 두려는 것이다.

처음 소환했을 때 이렇게 강할 줄은 기대하지 않았다. 그저 장난 반, 보복하자는 악동 심보 반으로 다금발이의 사체를 언데드로 부활시켰다.

던전에서 시험 삼아 소환해 보고는 뜨악할 수밖에. 다금발이는 죽기 전 최대 능력치 상태에서 언데드가 되어 있었다.

무슨 말이냐면, 버서커 포션을 복용해 능력이 폭주한 마지막 상태에서 언데드가 된 것이란 말이지.

일명 버서커 언데드 다금발이!

이것이 바로 비장의 한 수.

언데드 다금발이를 소환하면 네크로 지오는 그 많은 엠통을 가지고도 빈사 상태에 들어야 했고, 그도 모자라 최상급 마나 포션을 '물' 마시듯 들이켜고 있다.

그 정도는 감수해야 하지 않냐고 한다면 더 실감나게 이야기하겠다.

10초에 100원씩 언데드 다금발이가 소모하고 있다는 거다.

칼질 한 번에 10원이라는 마구잡이 원가 분석도 가능.

지금도 언데드 다금발이의 칼질에 100원짜리 동전이 주르륵 빠져나가고 있음이다.

돈, 머니, 내 돈…….

그렇게 언데드 다금발이를 이용해 세 명의 아바타르 길드원들을 데드 상태로 몰았다.

이들은 바보가 아니다, 단지 오만함이 그들의 눈을 가렸을 뿐이다.

20명이나 되는 고렙들이 레벨 차가 10이 넘는 지오들을 혼자서 요리해 보이겠다는 그 오만함이 그들을 각개격파당하게 만들었다.

죽은 적 캐릭에게서 마구잡이로 아이템을 주워 담았다. 복귀하더라도 위협이 되지 못하게 하기 위해서다.

그러나 죽은 아바타르 길드원들은 이곳에 있는 부활의 석판에서 살아 나오지 않았다.

모처에서 부활해 헐레벌떡 처음 들어온 문을 통해 들어와서는 사리진 아이템을 확인하곤 기성을 질러댔다.

"내 아이템, 내 검! 내 투구!!"

"악! 이 미친놈을…….."

위치를 파악하는 즉시 냅다 달려 검을 내려쳤다.

뿌억!

다시 데드.

"이 자식, 순 악질이야!"

"안 되겠다. 각자 찾아다니지 말고 두 명씩 조를 짜!!"

"플라잉 오러를 거두고 근접전으로……."

이제야 상대로 인정해 오는군.

이 정도에 우쭐한 마음은 없다, 엄연히 위기니까.

서서히 독이 옅어져 가는 중에 끈적하던 점도가 묽어지며 장내에 움직이는 캐릭들의 윤곽이 선명하게 나타나기 시작했다. 이러면 안 된다.

타르타로스 '착란의 안개'를 불러와 녹색 안개와 겹쳐 버렸다.

착란의 안개는 적을 구별하는 붉은 음영이 30초간 사라지게 만들어준다.

이판사판의 심정으로 저들이 들어오는 입구로 다가들었다.

여덟 명이나 되는 캐릭들이 진을 치고 있었고, 출구로 갈수록 안개가 발휘하는 효과는 없는 것이나 진배없었다.

매서커 지오와 언데드 다금발이는 출구를 향해 뒷걸음질로 다가갔다.

"끄응, 벌써 교대하자고? 안개가 지랄 같아서……."

두 명의 아바타르 길드원이 투덜거리며 뒤걸음질로 다가오는 나와 다금발이를 엇갈려 지나갔다.

같은 편으로 오인한 두 명의 아바타르 길드원들이 등을 보이며 안개 속으로 사라졌다.

그럴 만했다.

내가 죽인 세 명의 캐릭으로부터 루팅한 길드 망토와 투구를 착용했고, 적을 구분하는 붉은 음영선마저 안개 효과에 사라진 상태이기에.

뒷걸음질쳐 완드와 단검을 든 메이지들이 자리한 입구까지 물러났다.

"이봐, 컨트롤이 왜 그래? 대열에서 이탈했잖아."

"……."

바로 저 선만 넘으면 밖.

다금발이를 먼저 움직였다.

스사시삭   슈각!

"커헉!!"

"헉!"

경고를 준 유저의 목에 검을 박고 좌우로 휘둘러 캐릭 하나 지나갈 정도의 공간을 벌렸다.

매서커 지오가 그틈으로 파고들었다.

뛰쳐나가지 않고 아무도 없는 맨바닥에 스킬을 걸어 해머로 내려쳤다.

"대지의 수렁—!!"

두어어잉—! 쿠쿠쿠쿠쿠쿵—!

바닥이 석판이라 필드에서처럼 움푹 크게 꺼지지는 않았다.

그러나 공동 전체가 울려 귀가 멍멍해지며 바닥이 부르르 크게 떨렸으니 모든 캐릭들이 중심을 잡지 못하게 흔들기엔 충분했다. 진도 7, 8의 강진은 되지 않을까.

나와 다금발이는 이미 여파를 알기에 주변의 당황한 아바타르 길드원들을 상대로 가르고, 찌르고, 내려쳤다.

피통이 적은 편인 정신 계열 캐릭들의 대열이라 순식간에 다섯 명이나 데드 상태에 들게 만들었다.

데드, 데드, 데드……

출입구에서 그렇게 난동을 부리자 아바타르 길드원들은 분분이 흩어졌다.

출입구가 훤하니 드러났다.

그 틈으로 대기하던 나의 캐릭들이 뛰쳐나갔다.

쏟아지는 따사로운 빛줄기와 훈훈한 공기.

가상 공간이지만 그게 느껴졌다.

캐릭 전부 DEX 포션을 일시에 복용한 상태에서 달렸다.

오직 언데드 다금발이만이 입구를 지켜 서서 뒤쫓으려는 아바타르 측 캐릭들을 위협했다.

…자유, 자유다!

*　　　　*　　　　*

내 지오 캐릭들은 건물 밖으로 바로 나올 수 있었다.

외부의 차가운 공기와 푸른 하늘이 반겼다.

헤쳐 나왔다는 벅찬 마음에 손가락 끝이 떨려왔다.

여기까지는 그림, 감상 다 좋다.

웅성거리는 소란스러운 소음을 따라 발아래를 보기 전까지 0.01초간의 짧은 환희.

웅?!

15미터 높이의 계단 아래로 수백에 달하는 붉은 점들이 오가고 있었다. 수십도 아니고 수백이다.

성벽과 성탑 꼭대기에는 아바타르 길드기가 펄럭이고 있었다.

예상은 했지만…….

빈응부디 실폈다.

발아래 아바타르 길드원들은 아직 계단 위의 상황을 모르는지 그저 자기들끼리 웃고, 떠들고, 짝을 맞추고, 거래를 하고, 사냥 파티를 조직한다고 분주할 따름.

자신들의 텃밭이기에 적이 있다는 인식 자체를 안 하고 있음이다.

지오들을 이끌고 천천히 계단을 내려가며 길드 망토와 투구를 착용한 매서커 지오를 앞장 세웠다.

만약 누군가 붉은 타깃팅 음영이 드리운 나의 캐릭들을 인식한나년… 난 한 번에 녹아내릴 것이다.

응?! 그런데 왜 추격대가 없는 거지?

그들 나름의 사정이 있을 테지만 무시하기엔 왠지 찝찝.

네크로 지오의 엠통이 여전히 간당간당한 것이 언데드 다 금발이가 버티고 있음인데, 어떻게 이때까지 버틸 수 있는지 이해가 되지 않았다.

상황이 어떻게 돌아가는 건지……

시장통을 지나가는 동안 자주 고개를 갸웃거리는 아바타르 길드원들이 있었지만 능글거리는 웃음으로 대응했다.

거 있잖아, 버그라는 그런 뉘앙스.

이런 뻔뻔함, 당당함 때문인지 아니면 자신들의 일에 집중해서인지 아바타르 길드원들 속에서 기적적으로 무사했다.

무신경의 기적이리라.

어디로 나가야 하지? 오, 저기다.

일반 유저들이 끊임없이 들락거리는 큰 건물이 눈에 들어왔다. 어지간한 영지의 영주관쯤은 되어 보이는 외관이다.

건물에선 일반 고렙 유저들이 나와 문앞에 진을 친 아바타르 길드원들이 벌인 좌판에서 무언가를 구입하고는 다시 건물 내부로 급히 들어갔다.

고개를 갸웃거리는 아바타르 길드원들을 스치고 건물 내부로 들어섰다. 이때까지는 문제없었다.

건물 중앙엔 어느 도시에나 설치되어 있는 백색 부활의 석판이 자리하고 있었다.

지금도 그 부활의 석판에서 유저들이 소생하더니 부랴부랴 건물 내의 지하 계단으로 뛰어나가는 게 보였다.

잉? 지하로? 제, 젠장… 이곳은?

그렇다.

이곳은 요새 던전의 핵심인 나이트 타워가 있는 장소로, 아바타르 길드가 운영하는 던전 입구였다.

필드 군데군데 흩어진 요새 터들이 보통 이런 구조로 이루어져 있다. 외부로 나가는 문은 내가 들어온 쪽에서 반대편에 있었다. 높이 8미터, 폭 4미터의 과장된 크기의 정문은 굳게 닫혀 있었고, 이 거대한 문 모서리에 딸린 조그만 쪽문만 열려서 손님을 선별해 받아들이고 있는 중이다.

문제는 그 출구이자 입구를 지키는 아바타르 측 인원들이 많다는 것이다. 검문이 철저했다.

저 좁은 타워의 정문을 나가도 내성 문을 거쳐야 할 테고 다시금 외성 문이 나타날 것이니, 도대체 몇 개의 문을 거쳐야 자유로운 필드로 나갈 수 있는지 감이 오지 않았다.

지도는 여전히 표시가 안 되는 것을 보니 죽으면 이곳에서 소생하게 되는 것이다.

떠그럴… 그래서 급하게 추적을 안 했군.

멍해 있는데 입구를 지키는 수비병들이 손을 흔들어 아는 척을 해왔다.

"……!!"

쿵―!

입장한 뒷문이 화답이라도 하듯이 굳게 닫혔다.

나이트 타워 상층부에서 수십 명의 아바타르 길드원이 내려오는 발소리로 건물 내부가 울려왔다.

내부에 남아 있는 일반 유저들은 흥미진진한 표정을 지으며 벽면을 따라 물러났다.

어쩐지 쉽더라니.

위에서 나를 내려다보는 시선이 무수히 많음이 느껴졌다.

> **매서커의 위기 감지.**
>
> 88명의 적이 당신을 타깃팅 목표로 잡고 있습니다. 감지 범위를 넓히면 그 이상일 수도 있습니다.

동작이 굳어졌다.

"제길, 꼼짝 마라군……."

3분간 무료한 시간이 흘렀다.

이상하게도 공격은 없었다. 누구를 기다리는 것인가.

츄화아아앙―!

단거리 역내 게이트가 열리며 장내로 예의 그 일당들이 우르르 등장했다.

그들 뒤로 검은 쇠사슬 채찍에 친친 감겨 끌려오는 인영이 있었다. 움직임이 뚝뚝 끊어지는 게 마치 강시가 경중거리는 것 같았다.

"······!!"

'언데드 다금발이' 였다.

그리고 다금발이를 붙들고 있는 것은 가시 없는 장미.

그녀는 현재 화려한 전투 사제 복장으로 사납고 날카로운 표정이 압권. 눈에서 녹색 불이 번쩍거렸다.

8미터 앞에서 언데드 다금발이를 생포한 쇠사슬 채찍을 사납게 풀었다.

츄리리리릭—

언데드 다금발이는 팽이처럼 핑 돌아서 내 앞에 덩덩거리며 멈추어 섰다.

"이게 어떻게 된 거죠?"

"······."

"왜 다금발이를 당신이 언데드로 부리는 거죠?"

"······."

"그리고 다금발이가 가진 '심판의 검' 은 어떻게 된 거죠?"

"······."

"심판의 검은 누가 가지고 있나요?"

"······."

가시 없는 장미의 질문이 기관총을 갈기는 것 같이 쏟아졌다.

나는 관심없다는 투로 어깨를 으쓱하는 것으로 답을 대신

했다.

"눈앞에 있는 게 다금발이가 맞습니까?"

"이제 와서 저 언데드가 다금발이가 아니라고 말할 생각은 말아요. 저건 분명 다금발이라고요!!"

"맞습니다, 다금발이입니다. 그럼 전 맹세를 지켰습니다."

순간, 짜잔—!

Quest

맹세를 지키다.

장합니다! 과연 매서커!!

당신은 적과의 약속마저 지켰습니다.

보상:모든 스텟 포인트가 1¤씩 증가합니다.

　　스킬 포인트 5를 획득했습니다.

　　적인 아바타르 길드원에 한해 현 레벨에서 레벨 1¤의 우위가 주어

　　집니다.

매서커 스킬이 만들어졌습니다.

모든 공격을 3회간 튕겨내는 배리어가 생성됩니다.

스킬을 등록하십시오.

맹약의 방패!

거참, 생각지도 않았지만 주는 건 챙겨 받았다.

게임을 접을 생각이지만 관성대로 스킬 등록이 이루어졌
다.

여전히 그녀는 내가 심판의 검의 새로운 주인이냐고는 물
이오지 않았다. 그녀의 눈엔 내가 능력 안 되는 캐릭으로 보
이고 있음이다.

"당신과 다급발이 사이에 어떤 거래가 있었던 거죠?"

"안 가르쳐 주지— 나만 알고 가렵니다."

"뭐, 뭐라고요?! 좋아요, 저 무척 화났답니다."

"그렇게 보이네요, 스트레스에 피부 무지 상했겠어요."

그녀와 같은 비웃음을 길게 지어 보였다.

"이익! 게임을 접는다면 이만한 무던이 없겠죠. 당신과 당
신의 의리 깊은 친구들은 이곳에 영원토록 남아야 할 거예요.
영.원.히!"

그녀는 마지막 말을 끝으로 머리를 쓸어 올린 팔을 툭 떨구
었다.

순간 나와 지오들은 형형색색의 수십 개 에너지체에 휩싸였다.

강렬한 빛의 기둥 밖에서 사악하게 비웃는 가시 없는 장미의 모습이 크게 확대되어 들어왔다.

밝음 뒤 어둠…….

Act 04
트라이엄프 클렌

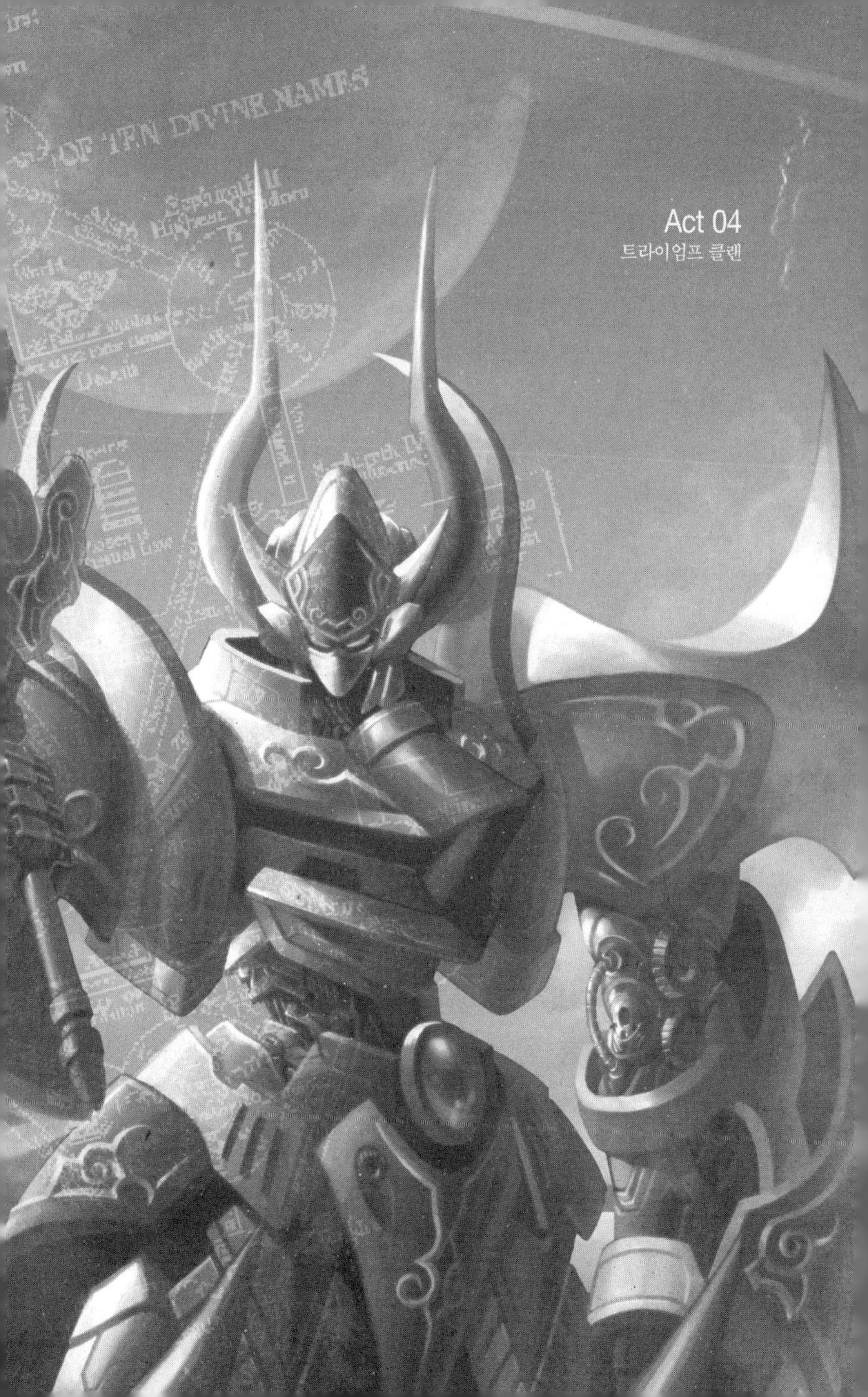

機甲戰記
Massacre
기갑전기 매서커

"냐옹군⋯ 나와라, 냐옹군⋯⋯."

비 온 뒤의 공원은 습기로 눅눅했다.

한참 만에야 냐옹군이 나타났다.

절뚝거리는 것이 영역 싸움을 크게 한 모양새로 털도 얼굴도 성한 곳이 없을 정도로 상해 있었다.

이 친구도 근자에 싸우는 일이 많아졌군.

"너나 나나 요즘 왜 이러냐?"

털을 쓰다듬으며 긁힌 부위에 연고를 발라주고 항생제를 섞은 사료를 먹였다. 먹성은 여전해 안심이다.

생각 같아서는 동물병원에 데려다 주사 한 방 놓아주고 싶지만 길양이에게는 떠돌이 삶이 있으니 내버려 두어야 했다. 엄밀히 따진다면 이처럼 먹을 걸 챙겨주는 것도 해선 안 되는 참견이다. 반쯤 마시다 남은 우유를 빈 칸에 부어주고 일어섰다.

"파이팅—! 너는 끝까지 싸워 이겨!"

부슬비를 맞으며 형제 작업장으로 향했다.

발걸음이 무거웠다.

캐릭들을 다 못쓰게 되었는데 멀티 트레이너로서의 길을 가야 하나.

시급 이만 원, 바이트족으로서 꿈꿀 수 있는 숫자인 줄 알았는데……

사건이 벌어진 뒤로 삼 일 후였다.

매서커 지오로 로그인을 했다.

나의 매서커는 여전히 유령 상태로 나이트 홀 내부를 배회하고 있었다.

착용했던 아이템은 모두 사라지고 없었다.

아니, 벽면 한 켠에 서 있는 목제 인형들이 내 아이템들을 차곡차곡 걸친 채 전시되어 있었다. 어디 한번 소생해서 아이템을 챙겨보라는 조롱이 아니고 무엇이랴.

나쁜 년!

유체는 부활의 석판에서 반경 100미터를 벗어날 수 없다.

소생하든지 유령 상태로 있든지 이 건물 내부에서 벗어날 수 없게 되어버렸다.

허탈히 로그아웃을 하려는데 유체 하나가 천장에서 흐느적흐느적 내려왔다.

응?

회색빛으로 반투명한 상태의 유체는 나와 구석에 세워진 나무 인형을 가리켰다.

뭐야, 이 아저씨는?

유령끼리 말을 나눌 순 없기에 고개를 끄덕이는 것으로 대신했다. 그러자 그는 환하게 웃었다.

아바타르 길드는 유령 상태 길드원을 배치해 조롱하도록 시키나 보군. 악질들······.

응, 뭐라고? 부활의 석판 쪽으로 가자고?

뭐야?! 어쩌자고?!

나는 그의 손짓에 이끌려 부활의 석판으로 다가갔다.

그는 손가락을 꼽았다. 3, 2, 1··· 부활!

차라라라랑―!

바미안 영지의 나이트 타워가 매서커 지오님의 새로운 부활 지점으로 지정되었습니다.

나와 그는 몇 가지 귀속 아이템을 걸친 간단한 복장 상태로 소생했다. 매서운 위협에 온몸이 따끔거렸다. 무수한 에너지체가 날아드는 게 느껴졌다.

"뛰어!!"

"어어……."

나는 그가 가리키는 방향으로 달렸다.

앗뜨뜨, 제일 먼저 진창 구르기로 회피!

지하 던전으로 내려가는 계단이 보였다.

거리는 30미터. 저 안에 살아 들어가기만 하면 무슨 수라도 있다는 것인데…….

프와아아앙—

크헉!

등짝이 후끈 달아오르더니 폭발의 역장에 휘말려 패대기쳐졌다. 얼마나 멀리 날아서 떨어졌는지 알 수가 없다.

방어구가 있고 없고의 차이가 바로 이런 것이다.

바이오 글러브의 반응이 전혀 없었다. 예의 십에서부터 마이너스 카운트에 들어가는 게 화면 하단에 표시되었다.

마비, 충격의 복합 상태.

그 상태에서 누군가가 매서커 지오를 거칠게 일으켜 세웠다.

"아뵤오오오—!"

퍽, 퍽! 투다다닥.

이 아바타르 길드원은 줄이 길게 들어간 일반복 차림으로 장난 같은 기성을 지르며 마비 상태에 든 나를 구타해 댔다.

씨앙, 지가 무슨 '부르스 리' 야?!

매서커 지오의 현 상태는 피통이 1,000 미만 남은 상태에서 발길질, 주먹질에 30씩 40씩 피가 줄었다.

실전 타격, 녀석은 그 점을 즐겼다.

가상의 캐릭이니 그 구타의 아픔이 실상의 나에게 전달될 리 없다.

하나, 하나 말이다. 이건 아니지 않은가.

장난 같은 주먹질에 고개가 팩팩 돌아가며 바로 옆 그림이 보였다.

나를 꼬드겨 부활하게 만든 유저도 나와 같은 상황으로 당하고 있었다. 그는 오히려 심했다.

그에겐 두세 명의 길드원들이 더 붙어선 마구잡이로 밟아 대는 게, 분명 감정이 실려 있었다. 실제 상황이면 정말 잔혹한 거다.

유체 상태를 벗어난 그는 밤색 구레나룻을 기른 듬직한 체형으로 유저명이 '마지막 기사'였다. 레벨은 99레벨, 그는 맞으면서도 웃었고 끝까지 3인을 상대로 격투 자세를 잡았다.

"······!!"

느끼는 바가 있었다.

바이오 글러브의 신호가 잡히자마지 나를 가지고 노는 부르스 리(?)를 상대로 맨손 격투에 들어갔다.

이제부터 동화율 싸움.

투다닥.

"어쭈—?!"

"그래, 어.쭈.다! 야이, 십장생아—!!"

"이놈이!!"

"덤벼—!"

레벨이 떨어지고, 아이템이 딸리고, 스킬 조합이 엉망이라도 컨트롤만은 자신있다. 아니, 자신이 붙은 상태다.

동화율을 끌어올렸다.

상대의 움직을 흘리고 팔을 돌려 꺾고 하체 부위에선 적의 종아리를 노리는 사이드 킥을 연속으로 퍼부었다.

투학, 파팟, 팟!

대전 격투 게임을 하는 식으로 거칠게 엉겨 붙었다.

주변에는 어느샌가 아바타르 길드원들이 둘러싸고는 자기들끼리 내기를 걸고 웃고 떠들어댔다.

"와! 먹여! 한 방 먹이라고!!"

"뭐야, 저 친구? 격투기 사범이라더니 가상에선 빵상이잖아."

내 상대가 격투기 사범이시라?

오호라, 그래서 겉멋이 드셨구만. 개싸움은 나도 좀 하지!

일곱 개의 캐릭을 돌리던 동화율이 하나의 캐릭에게 집중되자 그간의 수련 효과가 진가를 발휘했다.

상대가 아무리 레벨이 높아도 맨손 격투는 실제 싸움의 연장, 상대도 내가 보통내기가 아닌 걸 알았는지 제법 신중하게 덤벼들었다.

그러는 사이 매서커 지오의 캐릭은 피가 빠르게 차올랐다.

CON 능력치가 워낙 높기에 다른 캐릭들보다 피통이 빨리 차오른다. 포위된 가운데서 빈틈을 통해 주변 상황 살피기를 잊지 않았다. 앞뒤 모두 문이 닫혀 있었고 내부 경비를 맡은 많은 아바타르 길드원들이 나와 텁석부리를 가지고 노는 데 몰려 있음을 확인할 수 있었다.

무료한 보초들의 이벤트.

적들이 좀 더 안심하도록 내버려 두었다.

제법 위태위태한 공격을 허용하며 맨바닥에 굴렀다.

"와―!!"

관중들의 열기에 높은 곳에 있던 원거리 데미지 딜러들이 서로의 눈치를 보더니 자리를 이탈하기 시작했다.

됐어!!

헐리우드 액션, 연극은 통했다.

녀석의 정석적인 공격에 그럭저럭 호응하며 타이밍을 기다렸다. 놈은 보여주는 식의 큰 기술을 선호했다.

돌려차기. 그래, 돌려차기를 날려!

기대는 통했다. 놈은 허리를 들어 제법 멋진 돌려차기를 걸어왔다. 맞아주지.

위이이잉, 트덕!

놈의 몸을 띄운 뒤돌려차기에 나는 멋지게 팽 돌아 쓰러졌다.

완벽한 스턴트 액션!!

"와!!"

"바로 그거야, 최고다!"

열광, 열광!

환호와 탄성이 일시에 터져 나왔다.

이게 다 연극인 줄도 모르고 아바타르 길드원들은 손을 높이 치켜들고 신나 했다.

돌려차기를 멋지게 선사했다고 착각한 '부르스 리'도 경중경중 스텝을 밟으며 자신의 코를 날렵하게 건드렸다.

영화상의 그 누구처럼.

나는 클린 히트를 먹은 상태로 보이게끔 비틀비틀 일어서다 넘어졌다를 반복했다.

일명, 광우병 댄스.

"와, 멋지다!"

함성이 끊이지 않았다. 이 정도 호응이면 반은 성공.

그때,

"야, 너희들 뭐 하는 거야! 캐릭들이 살아서 도망가잖아!!"

그 말에 나를 둘러싼 아바타르 길드원들이 고개를 돌리며 문제의 도망자를 찾았다.

하나 나머지 지오 캐릭들은 이미 던전 입구에 들어선 상태에서 갖가지 마법체와 정령체를 군중들이 모인 중심부를 향해 뿌린 뒤였다.

쉐—에엑!

스—으읏!

밀집된 곳에서 폭발이 일어났다.

퍼펑, 펑!!

매캐한 먼지와 먼지를 동반한 역장이 휘몰아쳤다.

"크으!"

"어푸풋."

이 공격으로 죽은 아바타르 길드원은 없었지만 대혼란이 발생했다.

그 혼란의 틈바구니 속에서 나를 괴롭히던 부스르 리를 노려 붙들고 늘어졌다. 그는 아바타르 길드원 중에서 유일하게 방어구를 착용하지 않은 상태에서 마법 공격에 노출되었기에 피통이 바닥을 드러내고 있었다.

"그것도 발길질이라고 차냐?! 내가 후방 조르기가 무엇인지 가르쳐 주지."

"크으……."

이놈만 죽이자. 입을 틀어막고 등 뒤에서 몸을 감아 단번에 꺾었다.

오도독, 관절이 틀어진 상태에서 경추골이 틀어지는 느낌이 고스란히 느껴졌다.

데드, 그리고 수북히 떨어지는 인벤토리와 아이템들.

"……!"

훗, 세미 하드코어 유저셨군.

꼴 좋다.

떨어진 아이템과 인벤토리 네 개를 낚아챘다.

친절하게도 한 배낭에 자신의 방어구 아이템을 담아두고 있었다. 그중 검은 선이 들어간 몸에 착 달라붙는 주황색 트레이닝복을 던져 주었다(이소룡 체육복 ㅎㅎ).

매캐한 폭연이 흩어지는 중이다. 급하다.

전력 질주를 위해 스텟 체인지 스킬을 발동해 던전 입구로 달렸다.

츄와아아앙.

"앗, 저놈 잡아라!!"

진창 구르기를 섞어가며 타깃팅을 회피했다.

퍼펑펑—!

등짝에 불이 났다. 한 방이면 죽는다.

다이빙!!

우당탕, 퉁탕!

간발의 차이로 지하 계단에 몸을 던질 수 있었다.

각진 계단에 몸이 부딪쳐 터덜거리며 계단 끝까지 구불었다.

> 극심한 물리적인 충돌로 1㎜초간 충격 상태에 빠집니다.

> 뇌진탕 효과로 1㎜초간 방향을 잡지 못합니다.

살아도 산 게 아니다.

바이오 글러브 감도가 끊어지더니 행동 불능 상태가 되고 말았다.

나머지 지오들이 우르르 달려들어 얼른 부축해 어두운 복도를 따라 달렸다. 어디가 어딘지 아무 생각 없다.

그저 달릴 뿐이다.

뒤에서 쫓아오는 분주한 소음이 귀를 가득 메웠다.

"저놈 잡아라!!"

걸음아 날 좀 살려다오—

갈림길이 수차례 나타났지만 고민없이 꺾어들었다.

갈림길, 갈림길… 막다른 벽.

이곳은?

그렇다. 미로 지대였다!

던전의 미로 지대에 들어선 덕분에 내 캐릭들은 전원 무사히 살려낼 수 있었다.

그런데 원천적으로 나갈 수가 없는데 살려낸 게 무슨 의미가 있나?

그 텁석부리는 또 어떻게 되었지?

혹시… 또 함정에 빠진 건 아냐?

내가 불신에 쩔었구나, 쩔었어.

*   *   *

코너를 돌자마자 턱하니 버티고 선 벽과 지그재그식 복도가 연속으로 이어졌다. 아직도 난 지오들과 미로 지대를 헤매고 있었다.

매 시간마다 구조가 변한다는 가변형 미로 지대.

단지 던전이 생성되는 입구와 던전을 클리어해 나오는 출구 지대만이 변함없는 장소로, 아바타르 측의 추격은 이 미로 지대에 드는 순간 따돌려진 셈이다.

그래도 살아 있어 좋을까마는… 전혀 아니다.

여기서 던전을 생성해 클리어해 봤자 결국은 요새 안이라는 이야기다.

왜 '마지막 기사' 라는 유저는 이곳을 도피 장소로 선택했을까? 위나 아래나 답답하기는 마찬가지인데… 유체라면 둥둥 떠다니는 맛이라도 있지.

빈털터리 캐릭들을 우르르 몰고 다니며 즐길거리라고는 미로 풀기밖에 없단 말이다.

아우— 어쩌라고!!

벽과 통로가 생겼다 사라지는 것을 멍하니 지켜보고 있는데 불쑥 누군가가 튀어나왔다.

"까꿍— 살아 있었네?"

"으헉!"

"히야— 동료들까지 다 건사하고, 대단한데."

"아, 예······."

갑자기 생긴 통로를 통해 나타난 이는 그 텁석부리 유저였다.

그렇게 나타난 '마지막 기사'라는 유저는 내 캐릭들을 아래위로 실실 훑어보더니 실망스럽다는 표정을 얼핏 지었다.

응?!

그러나 입에서 나오는 말은 산뜻했다.

"야아, 전부 전문 캐릭들이잖아! 나 같은 잡캐는 명함도 못 내밀 최강 파티야!!"

"···에? 101레벨이신데?"

"아, 미안. 보시다시피 유저명은 '마지막 기사'고 실제 나이는 33살. 말 놔도 되지? 캐릭터 얼굴을 보니 이제 갓 스물 넘은 것 같은데··· 맞지?"

"···그, 그러세요."

초면에 처음부터 아래에 깔고 시작하시겠다는 이런 캐릭은 별 영양가 없는데··· 이 아저씬 자기가 유령일 때가 더 믿음이 가는 얼굴임을 본인은 알고 있을까.

그가 무슨 생각으로 이곳으로 달아났는지를 듣기 위해 약간의 불편함을 감수하기로 했다.

"유령이 되면 '빡세' 라는 통신명으로 문자 연락하라고. 빡세게 게임한다고 빡.세."

"빡세?"

그래, 이제부터 당신은 빡세야.

"쉽지? 아는 동생들한텐 그냥 빡세 형으로 통해."

"전 문자 통신은 '매서커' 로 하시면 됩니다."

"대량학살자라… 좋은데."

"끙, 그런데 어떻게 된 거죠?"

"뭐, 어찌어찌 엮이다 보니 붙들렸고, 그래서 달아날 기회를 엿보고 있었다고나 할까."

어투가 점점 거만해져 갔다.

"탈출이 가능합니까?"

"안 되면 되게 만들어야지. 이곳에 억류된 유저가 우리뿐이라고 생각하진 않겠지?"

"아, 그럼……."

"곧 미로 중심부에 모일 시간이지. 이동하자고."

그는 휘적휘적 아무 통로나 택해 걸어나갔다.

중간중간 막혔지만 미로 지대의 중심부를 향해 나아가는 게 느껴졌다. 덩치는 듬직했지만 눈을 모로 돌려 나를 살피는 게 별로 믿음이 가진 않았다.

어차피 이젠 빈털터리 신세이니 될 대로 되라지.

장장 10분을 미로 지대를 헤맨 끝에 중심부에 도착했다.

중심부는 대략 팔백 평방미터는 됨직했고 중심부엔 관같이 잘꾸며진 석궤가 버티고 있었다.

빡세는 석궤에 걸터앉아서는 회상조로 말했다.

"이 미로 지대 퀘스트를 부순 게 엊그제 같은데……."

"이곳은?"

"아, '백던' 의 마지막 장소. 미로 지대에서 엄청난 싸움이 벌어졌었어. 이 석궤에서 '타르타로스의 파편' 이 나왔고, 이후 모든 의리와 정이 산산이 부서졌지."

"……!"

괜히 움찔했다.

내가 소유한 파편의 무구는 형제 상점에서 아직도 열심히 돈을 벌어다 주고 있다.

여하튼 이곳이 총 16개의 백던 중 한 곳이라는 이야기인데, 그도 다급발이와 같은 피해자란 말인가? 아니면 혹시 다급발이에게 당했을 수도 있다.

그런데 그가 피해사란 느낌은 딱히 들진 않는군.

번뜩이다 사라지는 눈매, 나를 스리슬쩍 염남하는 눈빛, 요놈을 어떻게 이용할까 견주어보는 게 분명히 느껴진다고나 할까.

말은 시원시원 해도 은근히 자신에 대해 선전하는 것이 무언가 속셈이 느껴졌다.

일곱 쌍의 눈으로 그의 일거수일투족을 살피고 있으니 사소한 행동 하나 내 눈을 비켜갈 수 없다.

아무리 겸손한 척하는 신사라도 문 여닫는 것 하나만으로도 그 사람의 숨은 성향을 짐작할 수 있다.

무의식이 바로 그 사람의 참의식이라고 나는 그렇게 생각한다.

그 판단 기준에 비추어 빡세는 상당히 위선적인 사람이라는 결론을 내렸다.

말과 행동은 과장되게 대범하다만 당당함과 떳떳함이 결여된, 계산만 가득한 인물. 나는 이런 자를 상관으로 2년간 따랐기에 그런 사람이 결정적인 순간에 어떻게 돌변할지 너무나도 잘 안다.

길게 사귈 만한 자가 아닌 것이다. 절대 기우가 아니다. 두고 봐라.

나는 그가 자기 자랑을 늘어놓는 것을 한 귀로 흘리고 주변을 두리번거리며 딴청을 피웠다.

"와— 말로만 듣던 백던에 도착하다니!"

모험을 동경하는 저렙 같은 반응을 보이며 석궤의 문양을 살피며 맴돌았다.

나의 행동에 빡세는 가소로운 웃음을 살짝 짓더니 이내 사라졌다. 대화는 당연히 겉돌았다.

그러고 있는데 그 순간 공동에 연결된 무수한 통로를 통해 붉은 음영이 비쳐 들어오기 시작했다.

이크! 아바타르 측 추격대가 들이닥친 것인가?!

급히 전투준비에 드는데 빡세가 손을 들어 제지했다.

"친구야, 친구."

웅? 적이 아니라고.

갑자기 등장한 아바타르 길드원들이 빡세를 향해 손을 흔들며 다가왔다.

"빡세 형, 제발 죽지 마. 형이 한번 죽을 때마다 아이템을 챙겨야 하는 우리 사정도 생각해 보라고."

"일주일 만인가?"

"에휴— 말을 말아야지. 여기 아이템하고 포션 있수다. 제발 거사일까지 살아서 봅시다."

"고생되더라도 조금만 참아. 내 나가서 확 뒤집어 버릴 테니까."

"그 말 들으면 백 번이우."

"크크크."

공동에 도착한 아바타르 길드원들은 거래의 흔적을 남기지 않으려는 듯 바닥에 아이템을 툭툭 떨구어놓고는 자신들이 들어온 미로를 통해 사라졌다. 이들은 유저명을 비공개로 설정했기에 아바타르 길드의 누구인지 전혀 알 수가 없었고 나에 대해서도 전혀 관심을 두지 않았다.

빡세는 겸연쩍은 얼굴로 아이템을 주섬주섬 챙기면서 나를 향해 말했다.

아이템은 넉넉했지만 나와 나눌 생각은 없는지 자신의 인벤에 주워담기 바빴다. 하는 양을 보니 내가 보긴 제대로 본 거다.

"짜식들, 삼 개월째 이곳에 죽치고 있는 나에게 그게 할 소리야. 내가 죽고 싶어서 죽냐? 쪽수에 딸리니까 죽지. 근데 이제 좀 나아지려나."

"……?"

"놈들이 간간이 토벌대를 내려 보내거든. 미로에서 결투는 제법 짜릿해. 우리 함께 잘 버텨보자고."

"아니, 이곳에서 할 수 있는 게 그게 답니까?"

"물론 아니지. 오픈 던전도 이용할 수 있고, 그곳에서 아바타르 녀석들을 적당히 혼내줄 수도 있어."

"저는 평균 레벨이 85란 말입니다."

"아니, 이 친구가. 최강의 파티를 구축하고는 그런 볼멘소리가 나와? 나 같으면 휩쓸겠네, 휩쓸겠어."

"허허, 참."

나와 함께 이곳에서 단순히 꼬장을 부리자는 이야기가 다가 아닐 것인데 취미에 없는 PK에 함께하자 하니 관심도가 뚝 떨어졌다. 참, 매서커에게는 좋겠군.

PK를 해야 성장하는 유일한 캐릭이니까.

"오, 시간이 되었다. 클랜원들이 시간 하나는 잘 지킨다니까."

"응? 클랜원?"

석궤를 중심으로 뿌연 윤곽이 나타나는 게 다수의 유저들이 로그인을 하는 듯했다.

엄연히 이곳은 오픈 필드다. 로그인 시 30초간이나 무방비 상태에 노출되기에 상당히 위험할 수 있다.

"나도 몇 번 로그인 잘못하다 된통 당했지. 괜찮아, 방금 나간 친구들이 토벌대는 없다고 알려왔어."

"이들은?"

"아까 이야기했잖아. 우리와 같은 재수 옴 붙은 캐릭들이지."

"……!!"

무려 서른에 달하는 캐릭들이 공동에 등장했다.

하나같이 평범한 캐릭들이 없었고, 저렙 또한 없었다.

98레벨이 최소 레벨이었다.

웅성웅성.

넓은 공동이 갑작스럽게 활기가 돌았다.

"이곳에 억류된 유저들이 한 오십 명 되었었는데… 이제 남은 건 이게 다야. 모두 탈출의 꿈을 포기하지 않은 유저들의 모임이지. 이름하여 '트라이엄프' 클랜!"

"트라이엄프(Triumph:凱旋)?"

"지오 파티도 트라이엄프 클랜에 자동 가입된 거야."

"허허."

세를 모으고 유지하고 있음은 뭔가 일이 진행하고 있다는 뜻. 탈출에 대한 기대감이 다시 살아나기 시작했다.

로그인을 마친 유저들이 빡세에게 다가가 손등을 마주치며 반가움을 표했다.

"일주일 만의 복귀를 환영하는 의미에서 고농축 힐 포션 10개."

"역시 빡세님이라니까. 다시 살아 돌아오실 줄 알았어요."

"와우, 새로운 동료가 일곱이나 늘었네. 이러다 클랜이 길드로 발족하는 거 아냐?!"

"하하하!"

억류된 유저들치고는 지나치게 밝았다.

다양한 길드에 소속된 유저들이었지만 탈출을 위해 일시적으로 클랜을 형성한 것이었다.

잡담이 오가다 귀가 번쩍 뜨이는 질문이 나왔다.

"디데이가 언제입니까?"

모두의 시선이 빡세에게 쏠렸다.

빡세는 양손을 가라앉히는 제스처를 취한 다음 입을 열었다.

"공성전이 열리는 날이 우리의 디데이입니다."

"아아."

다들 맥빠지는 탄성을 질렀다.

제기랄, 그럴 만도 했다.

아바타르를 상대로 도전할 만한 길드가 과연 몇이나 있을까?

길드전이 시작되면 안팎에서 호응해 그 혼란을 틈타 달아난다는 계획인데, 그 공성전이란 게 단 한 번도 벌어진 적이 없어서다.

아바타르 길드 내부에 호응자도 있으니 가능성이 없진 않겠지만 정말 그때가 언제인지가 문제다.

"Part 2 선행 아이템이 이곳 바미안 요새 딘전에서 출토되고 있다는 걸 다른 길드들에게 알려주었습니다. 아직 Part 2로 완전히 이행되지 않은 상태에서 선행 아이템을 선점하려는 길드 간의 각축을 기대할 만합니다. 이제 곧입니다!"

빡세는 맥빠져 하는 클랜원들을 달래려 했다.

클랜원들은 이미 하도 많이 들은 말이라는 반응을 보이며 삼삼오오 흩어졌다.

이 안에서도 수많은 이해관계가 얽혀 있음이 느껴졌다.

나는 트라이엄프 클랜원들과 인사를 나누며 그날이 오기까지 무료한 시간을 어떻게 보낼까에 대해 정보를 모았다.

이곳에 대한 정보를 들으니 레벨만 그럭저럭 되면 괜찮은

놀이터였다.

그 레벨이 90 중반은 되어야 했기에 문제지만.

내가 클랜원들과 인사를 나누며 정보를 모으는 동안 빡세는 몇몇 유력한 유저들과 머리를 맞대고 밀담을 나누었다.

대부분이 100레벨이 넘은 고렙 유저들이었다.

그렇다.

그는 나의 레벨을 확인한 뒤로는 네버 안중이었다.

전형적인 필요할 때만 찾아와 아는 척하는 그런 분류의 인간. 밀담을 나눌 때 언뜻 비쳐지는 그의 눈빛은 뱀보다도 차가웠다.

어째 유령일 때가 더 인간미가 있어 보이는 캐릭은 또 처음이네.

*   *   *

트라이엄프 클랜.

대부분이 백인 던전에 도전했다 낙오한 유저들이었다.

나처럼 운영위원에게 미운털이 박혀 억류된 유저는 소수였다.

그런 유저 중 한 명이 나에게 관심을 표해왔다.

"레벨업 하실래요?"

"레벨 차가 16이나 나는데요?"

레벨 차가 8 이상이면 레벨이 큰 쪽이든 작은 쪽이든 경험 치가 안 들어온다.

"그냥 심심해서… 두 시간 정도 피 채워 드릴게요."

"…감사합니다."

천사다. 이런 걸 천사라 한다.

게다 유저명도 '천사의 소리' 다. 이 얼마나 마음씨와 유저 명이 일치되는 캐릭인가.

그런데 왜 다들 나를 안됐다는 눈으로 배웅하지?

에이~ 몰라.

이곳 분위기나 익힐 겸 나서기로 했다.

천사의 날개라는 여성 유저를 따라 내부 사냥터로 향했다. 그녀는 성직자와 정령사를 겸한 캐릭이었고 101레벨이었다.

지방에 거주하는 가정 주부라 자신을 소개했는데 게임으 로 아이들 교육비를 충당하고 계셨단다.

아바타르 측 운영위원과 클로즈 필드 이용 문제로 언쟁이 있었고, 나름 인터넷 여론 몰이를 하다 그만 감언이설에 속아 두 달 전에 억류되고 말았다. 운영사에 아무리 하소연을 해도 소용없더란다.

두 달간 벌이가 제로라서 화가 머리끝까지 나 있는 상태.

"레벨 101까지 키운다고 날밤 새운 날이 몇 날 며칠인지 몰 라요. 돈 좀 만질 만하니까 이 모양… 억울해서 게임을 접을 수가 없더라고요. 지오님, 그렇죠?"

"…예."

어쩐지 아무도 따라붙지 않더라니. 귀가 멍멍.

천사는 천사이신데 수다쟁이 천사셔.

그녀는 떠들고 싶어했다.

그나마 내가 여동생이 둘이라서 두 시간이나 견딜 수 있는 거다.

동생들아, 감사한다.

단 두 시간 만에 '소리' 누님으로 부르게 되었다.

뭐, 여하튼 소리 누님의 도움으로 미로 지대 아래층에 마련된 마도사의 던전에서 95레벨 근방의 인간형 몬스터인 리치들을 사냥할 수 있었다.

원래 게임 자체가 인간형 몬스터의 리스폰은 늦게 설정되어 있기에 아바타르 측 요새 안에 있음에도 사냥터로써는 인기가 없었다. 혼자서 그런대로 사냥할 만하지만 미로 지대에 억류된 죄수(?)들이 절대적으로 방해를 해서 지금은 트라이엄프 클랜 전용 컨트롤 연습장이 된 상황이다.

몬스터 리스폰이 시간이 길어 몰이사냥은 불가능해도 띄엄띄엄 복도를 지나치는 고렙 리치들은 잡을 만했다.

나에겐 딱이다.

7:1로 상대를 제압하는 연습도 되었다.

트라이엄프 클랜과 친교를 유지하기 위해선 매일 게임에

접해야 했다. 억류된 상태에서 경험치를 쌓을 수 있는 것은
좋았다.

하루에 0.3퍼센트 정도.

하지만 쓸데없는 아이템들이 처치 곤란할 정도로 쌓여만
갔다.

그런 아이템들은 심심풀이로 분해하고 해체했다.

리치들은 갑옷과 무기 빼고는 별의별 걸 다 가지고 다녔다.

그 덕에 캐릭들의 정체되었던 집중도가 성장했다.

리치 사냥 아니면 아이템 분해, 조립, 그리고 버리기 식으
로 매일매일을 알차게(?) 보냈다.

물론 두서없이 토벌대가 들어오면 그때는 풀어놓은 정령
들이 미리 경고를 보내주어 미로 지대에 숨어들면 되었다.

미로 지대까지 추격해 들어오게 되면 그때는 대책없이 싸
워야 했다. 몇 번의 위태위태한 위기에 맞닥뜨렸는지 모른다.

그때마다 트라이엄프 클랜의 고렙들이 등장해 위기에서
모면할 수 있었다. 클랜의 멤버들은 오히려 이런 토벌대의 방
문을 즐겼다. 다 레벨이 꿀리지 않기에 공인된 PK를 즐기는
것이지.

물론 아바타르 측이 당하고만 있지는 않다.

대규모 도벌대가 투입해 게임에 접을 못할 정도로 몰아붙
일 때도 있었다. 이럴 때는 끄나풀을 통해 미리 정보가 왔다.

이런 날은 로그아웃하고 그냥 쉬면 된다.

3일 동안 대규모 토벌대가 상주한 적도 있었다.

하지만 우리가 접속을 안 하니 5일이 지나자 처음 그 상태로 흐지부지 돌아갔다.

여튼 어찌 된 게 나의 가상 생활은 떠올리기 싫은 2년간의 체험처럼 지하에서 쭉 이루어졌다.

떠그럴.

개선의 디데이는 정녕 오지 않고 있단 말인가.

Act 05

D—Day

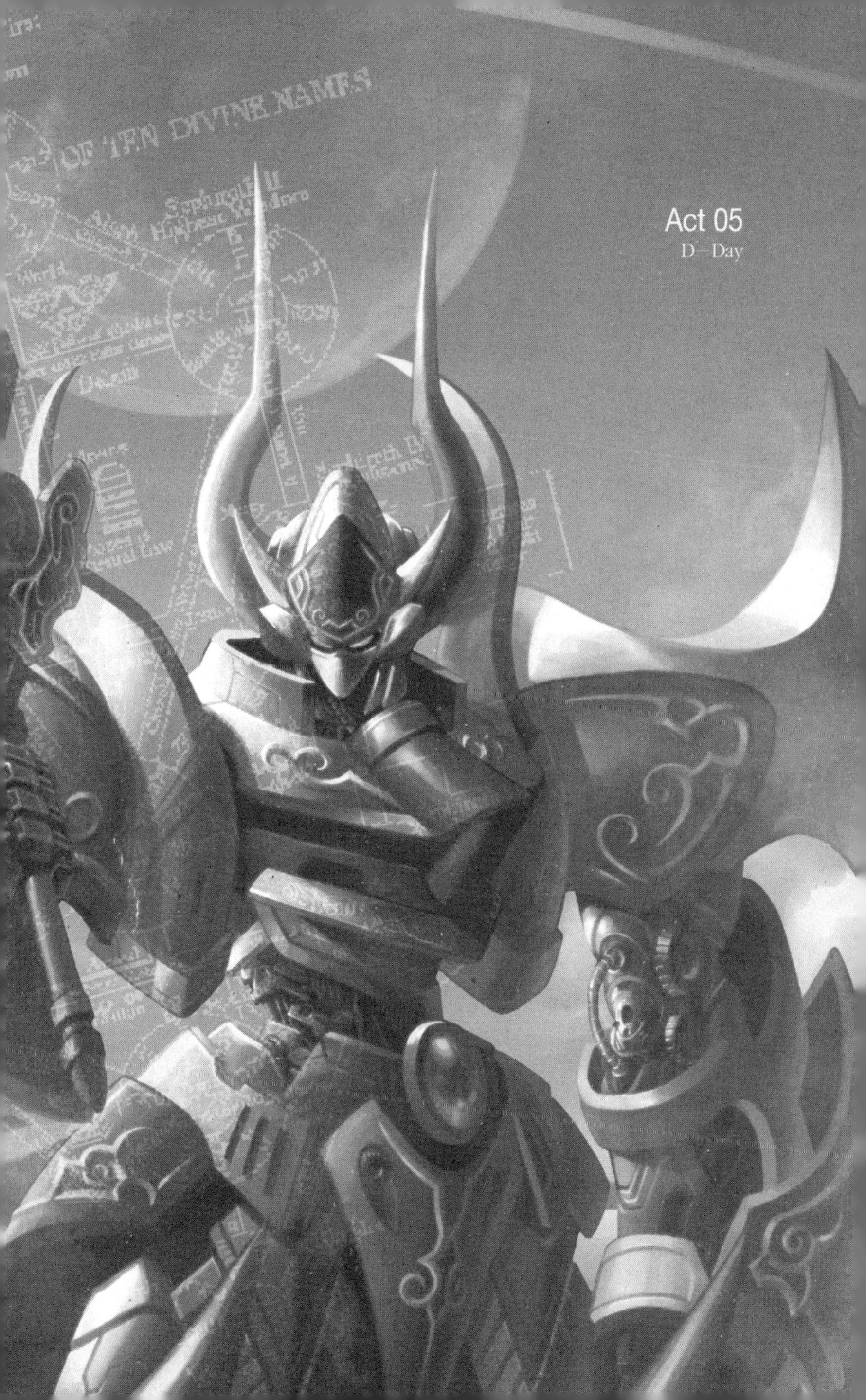

機甲戰記
Massacre
기갑전기 매서커

포기 상태다.

무한 반복되는 무료한 뼈다귀 리치 사냥과 사냥 나온 아바타르 파티 뒷치기, 이어지는 토벌대를 상대로 한 미로에서의 숨바꼭질······.

게임을 하다 보면 고비가 있다는데 바로 그때가 지금이지 싶다. 한 달이 흘렀지만 이게 뭐 하는 짓인지··· 암담할 뿐이다.

매일매일 긍정의 마음으로 접속을 하지만 거대 길드 아바타르를 향해 전쟁을 선포할 만한 간 큰 길드는 나타나지 않고 있었다.

쌓여만 가는 뼈다귀 잡템, 지지부진한 동화율…….

포기하고 싶다.

그간 지오 캐릭들의 성장을 대가없이 도와주는 클랜원들의 배려로 버티고 있지만 이젠 그도 부담스럽다.

서로 지쳐 클랜원들 간에 사소한 일로 말다툼이 벌어지길 수차례. 오늘은 그 정도가 더욱 심했다.

내가 보호만 받는다고 화풀이 대상으로 도발하는 클랜원이 있었고, 그는 미로 지대에서 기어이 나를 향해 공격해 왔다.

내가 없어지는 게 클랜에 도움이 된다나 어쩐다나.

매서커의 위기 감지 스킬로 위기를 모면하자마자 도발한 상대를 데드시켜 버렸다.

내가 클랜원 중에 레벨은 제일 낮아도 만만한 캐릭이 아님을 증명했다.

하지만 클랜원을 데드시켰기에 통쾌함보다는 기분만 더러울 뿐이었다.

그렇게 씁쓸한 심정으로 집으로 돌아왔다.

출국 못해도 좋다. 출옥이라도 하고 싶다!

"지오 왔냐?"

"다녀왔습니다."

아버지가 웬일인지 깨어 계셨다.

새벽 일찍 나가시는 분이라 늘 수면이 부족한 분이신데……

아버진 여전히 두세 개의 아르바이트를 하고 계시다.

주로 시급 6천 원의 사무 보조원으로 중견 기업에서 10년 넘게 근무 중으로, 근무 외 시간엔 그 회사의 자잘한 아르바이트거리를 챙겨 하신다.

새벽엔 경비복으로, 낮 시간에는 사무 보조원다운 깔끔한 양복 차림으로, 저녁엔 청소 작업복으로……

"요즘 어때?"

"…그저 그래요. 아버진?"

"새벽 경비일을 하겠다는 사람이 나타나서 당분간 양보해야지."

"다행이네요. 얼마나 갈지는 모르지만 그동안 좀 쉬세요."

"그래야겠지. 아참, 단말기 가져와 보렴. 이체 받아가거라."

"예?!"

"지은이가 백만 원이나 삥땅했다며. 성과급이 약간 나왔는데 다는 못 되어도 반은 채워줄 수 있거든."

"참, 아버지도… 됐어요. 그 돈이 그 돈이죠. 제가 지은이한테 쏜 긴데 왜 그러세요."

"큰돈이잖아. 그러지 말고 받아."

"요즘 벌이가 괜찮아서 필요없어요."

"바이트족 벌이가 그게 그거지. 어깨가 축 처져선……."

"……."

"부모 품에 있을 때 저축하는 거다."

"…예."

두말하지 않고 이체를 받았다.

캐릭들이 감금 상태라 그 때문에 힘든 건데 아버진 오해를 하신 거다. 본인의 보너스가 나올 때까지 기다리다 일부러 주무시지 않고 맞아주신 것이리라.

"…아버지 오해하셨어요. 저 요즘 심상치 않게 벌어요. 그러니까……."

가상 세계의 부동산 투기로 대박을 터뜨려 개인 잔고가 천만 원 단위를 넘었음을 밝히려는데 아버진 웃으며 어깨를 툭, 치시곤 못 들은 척,

"정말 여유있으면 아가씨도 사귀고 그래라. 바이트족에게 심상치 않은 벌이라… 빤짝 벌이야. 오래 안 간다."

"…그건 그렇죠."

불안정한 벌이임을 인정해야 했다.

가상 세계의 벌이는 그 가상 세계가 유저들에게 외면받는 그순간 신기루처럼 사라지니까. 또 다른 신기루를 쫓아 그 신기루를 실체화하기까지 얼마나 많은 시행착오를 겪어야 할지는 아무도 모른다.

"난 이만 들어가 자련다. 너도 씻고 그만 자야지."

"······."

아버지, 그다웠다.

씻고 나오는데 아버진 월드컵 아시아 지역예선 중계를 보고 계셨다. 바로 주무시지 못한 것이다.

나는 머리를 말릴 겸 주방 의자에 앉아 아버지와 말없이 축구 경기를 보았다. 한국이 베트남에게 2:0으로 지고 있었다.

"개발 축구야. 10년 전만 해도 상대가 되지 않았잖아."

"축구 게임은 일등인데······."

"게임만 우 주 일등이겠지."

"······."

아버진 축구 게임을 잘하신다. 젊은 시절 프로 게이머에 도전을 생각할 정도로 광팬이셨다.

"참, 지오, 너도 축구 선수였지?"

"하하, 아버지도 참. 초등학교 저학년 축구 경기에 한번 나온 게 축구 선수예요?!"

아버진 과거의 어느 날을 담담하게 이야기했는데 그 표정이 말로 표현하기 애매할 정도로 따뜻했다.

"난 그날이 잊혀지지 않아. 넌, 그때 나만의 승리자였지······."

"···아!"

기억났다!
초등학교 축구 경기에 펑펑 울었던 날.

어릴 적 내가 선수로 나온다고 자랑한 걸 기억하신 아버진 아르바이트 앞치마 복장 그대로 오셔서 내 이름을 크게 불러주셨다.

초등 일학년, 일곱 살 축구란 뻔해서 골대를 향해 차는 '뻥축구'였다.

그리고 나의 포지션은 골키퍼. 그러고 보니 그때도 나에겐 몸을 날려 지켜야 하는 일이 주어졌었다.

나의 '몸빵' 역사는 이렇듯 유래가 깊었군.

여하튼 나를 골키퍼로 세운 이유는 단 하나였다. 키가 컸다는 것.

나의 첫 데뷔전은 어른들의 장난기 섞인 결정으로 2학년과 시합이 붙여졌고, 내가 지키는 골대를 향해 공이 사정없이 쏟아져 들어왔었다.

상대가 되지 않았다.

아이들 세계에서 1년 차이는 컸다.

그때의 당황스러움은 지금도 잊혀지지 않는다.

공에 맞아 맨살이 붉게 부어올랐고, 순식간에 3:0까지 골을 먹자 울음이 터져 나왔다.

공포!

맞다. 그때 그 감정은 공포였다. 무기력하게 울며 멍하니 서서는 골을 계속해서 먹었다.

선생님에게 골키퍼를 바꾸라는 야유가 상대편에서까지 터져 나왔지만 골키퍼를 할 아이가 누가 있겠는가.

간신히 전반전 5분, 후반전 5분으로 하기로 경기 시간을 줄이는 게 다였다.

그 5분간도 나에겐 '지옥의 강림' 이었다.

어느 누구도 나를 도와주지 않았고 철저히 무기력하게 방치되었다.

일곱 살이다, 일곱 살!

오직 아버지의 고함인지 울부짖음인지가 귓가에 멍멍하게 들릴 뿐이었다.

경기장에서 나를 데리고 나가지 않는 아버지를 원망했다.

전반전이 끝나고 쉬는 시간, 참관한 학부형들이 항의가 빗발쳤다.

주관한 선생님들의 변명인즉슨, 우리의 상대인 2학년들은 단 한 번도 이긴 적이 없는 팀이란다. 그들에게 승리의 기쁨을 가르쳐 주기 위해 1학년 동생들과 경기를 붙인 것이라 했다.

교훈을 주기 위한 경기!

누군가에겐 승리의 기쁨이지만 누군가에겐 좌절의 눈물이 아닌가.

경기를 주관한 '개념 무상' 교사 단체와 '개념 탑재' 학부형 간에 거친 언쟁이 벌어졌고, 경기는 어른 간의 다툼으로 20분간 지연되었다.

나는 그 쉬는(?) 시간 내내 펑펑 울었다. 아파서 운 게 아니다.

기껏 선수로 나온다고 아버지에게 자랑했는데 이렇듯 나의 무기력한 모습을 적나라게 보여 드려서 고개를 들 수 없었다.

일하다 바로 오셨는데… 처음으로 좌절을 느끼고 운 날.

아버진 처음엔 씩씩거리며 선생에게 따지려다 교육적인 차원의 경기라는 말에 발길을 나에게 돌리셨다.

나를 꼭 보듬어 안고는 등을 열심히 쓰다듬으며 달래셨다. 그의 눈에도 눈물이 고여 있었다. 분명히 기억한다.

"이잉ㅡ 나 안 할 거야! 안 한다니까. 엉엉."

아버지의 말이 심하게 떨렸었다.

"…지오야, 우리 아들이 정말 용감하구나. 우리 지오가 이렇게 용감할 줄은 아빤 미처 몰랐다. 아빤, 지오가 너무 자랑스러워."

"으허엉ㅡ"

아버진 목이 메어 말이 메말라 있었지만 나에게 그 어떤 위로보다도 컸다.

"자자, 지오야, 골을 먹어도 괜찮아. 형들이잖아. 지금 지오가 경기를 끝마치기만 하면 그 이상 아빠는 자랑스러운 게 없지 싶다."

"싫어……."

"골은 먹어도 돼. 대신 경기를 끝까지 하는 거야. 친구들이 기다리잖아. 경기를 끝까지 마친 자는 모두 승리자야. 참가했으면 끝까지 해야지."

"…골을 먹어도?!"

"그럼!! 까짓것 넣으라고 해. 지오는 친구들 모두를 승리자로 만들고 싶지 않아? 친구들 모두……."

"모두… 응."

"그렇지, 아빠의 승리자는 바로 그런 승리자야."

"승리자?!"

"그럼, 우리 꼬마 영웅! 선수 입장!"

"…선수 입장!!"

나는 시합 입장식처럼 손을 높이 들고 골대로 다시 걸어갔다.

아버지의 말뜻을 그 당시엔 깊이 새기지 않았다.

일곱 살이 뭘 안다고… 단지 아버지가 나에게 실망하지 않았다는 것을 안 것으로 되었다.

부끄러움과 함께 모멸감과 좌절감이 일시에 달아났다.

나는 그렇게 미니 골대 앞에 설 수 있었다. 그리지,

"……!!"

학부형과 선생들이 다툼을 멈추고 나를 멍하니 쳐다보았다.

다툼은 곧 흐지부지되더니 교육적(?) 차원의 후반전이 시작되었다.

나는 이때부터 골키퍼답게 몸을 날렸다.

11:1의 싸움, 그러나 하나도 무섭지 않았다.

나는 골을 먹어도 더 이상 울지 않았다.

나를 응원하는 사람은 아버지만이 아니었다. 구경 나온 이웃 분들까지 내 이름을 크게 불러주었다. 상대편 어른들까지.

골을 먹어도 '괜찮아— 괜찮아—'를 크게 외쳐 주었다.

축구 경기가 끝이 나고…….

어른들이 몰려와 나를 헹가래를 쳐주었다.

얼떨떨한 공중 부양을 경험했다.

어른들은 그것으로 그치지 않았고 같은 팀 친구들도 하나하나 공중 부양을 시켜주었다.

이중엔 상대편 학부형들도 계셨다.

나는 승리자였고 친구들도 승리자였다.

경기를 끝까지 마친 모두가 승리자였다.

패배가 뻔한 상황을 알면서 끝까지 마치기가 어려운 것임을 우리 아버지들은 잘 알고 계셨다.

아버진 내가 까마득하게 잊은 그날을 아직도 기억하고 계셨다. 아들이 모두에게서 승리자로 인정받은 날이기에.

뇌세포를 타고 짜릿한 전류가 흘렀다.

왜 당시 아버지들이 패한 우리를 승리자로 대했는지.

불굴의 의지!

패배 앞에 굴하지 않기를 바라는 그들의 마음이 선명하게 살아났다.

경기를 끝까지 하기로, 게임을 끝까지 하기로.

탈출 못해도 좋다. 마지막 한 명의 클랜원이 남을 때까지 게임을 하는 거다.

당연히 게임의 마무리를 결정하는 것은 남이 아니다. 바로 나다.

이제부터 나다!

나—!

월드컵 조별 예선은 후반전 한국의 대역전으로 끝이났다.

역전의 순간, 아버지와 난 아파트가 떠나가라 환호를 질렀다.

"골!"

"고—올!!"

온 식구들을 깨워 핀잔을 들었지만 오랜만에 아버지와 하이파이브를 할 수 있었다.

짝—!

　　　　*　　　　*　　　　*

　지금 나는 조회수 이백만을 달리는 유저 동영상을 보고 있는 중이다.

　단 한 기였다.

　꾸더더더덩, 쿵—!

　어설프게 조립된 7미터는 됨직한 크기의 강철거인이 부자연스럽게 움직이고 있었다. 팔다리가 길쭉길쭉한 게 움직임이 영 아니었다. 마리오네트 인형을 보는 느낌처럼 뭔가 대충 흉내 내다 말았다는 게 맞다.

　그러나,

　성문을 박살 내고 성벽을 허무는 데는 전혀 문제가 없는 몸이시라는 것.

　거체의 강철거인이 자그마한 요새를 향해 돌격하자 요새의 성벽 위에서 요격이 시작되었다. 표적 자체가 거대했으니 일시에 수많은 에너지체들이 성벽 위에서 떠올라 강철거인을 향해 쇄도했다.

　가루도 남지 않을 것 같은 에너지체들의 폭주!

　쏴쏴쏴쏴— 쑤아악!

　그때 강철거인에 드리우는 회색 반구형의 에너지 장막!

뿌빠바바방—!

푸스스스—

이럴 수가!

쇄도하던 에너지체가 흔적없이 흩어졌으나 강철거인은 멀쩡했다.

강철거인의 몸체와 연결된 뿌연 방어막이 모든 공격을 소멸시켜 버린 것이다. 그만큼 강철거인에서 발현된 방어막은 절대적이었다.

"이건 사기야!!"

오죽했으면 보는 우리가 외쳤을까.

그림 내에서도 기성이 선명하게 터지는 게 들릴 정도다.

공격하는 쪽에선 삼란의 환호가, 요새 측에선 불만의 아우성이 울렸다.

도대체 저 거체 속의 어떤 에너지원이 저런 그림을 이끌어낸 것인지…….

그렇게 강철거인에겐 마법도 안 통하고 정령도 안 통했다.

강철거인의 능력은 그게 다가 아니다.

경중경중 달리며 가속도를 붙이더니 해자를 단번에 뛰어넘어 성벽에 달라붙었다.

투—더덩!

이어 강철거인이 성벽 위토 팔을 쏟듯이 휘둘렀다.

쿠왕앙— 퍼쩍—!

"크아아악!!"

성벽 위가 깨끗이 쓸리며 수십 명의 유저가 튕겨져 떨어졌다. 강철거인의 다음 움직임은 발길질이었고, 거대한 요철이 튀어나온 무릎으로 성벽을 찍어댔다.

쿵쿵! 퍼적쩍—! 와르르르—!!

요철이 틀어박힌 성벽에 균열이 생기더니 앞쪽으로 쏠리며 석축이 우르르 허물어지며 성 내부가 훤히 드러나 보였다.

마법 방어진이 설치된 견고한 성벽이 강철거인의 주먹질과 발길질에 그 효용을 다한 것이다.

수많은 길드원들이 참여해 단장한 아담하고 아름다운 요새가 흉물로 변했다.

이후 강철거인은 거침이 없었으니, 무너진 틈을 딛고 성안으로 침투했다.

저격이 이루어지는 높은 타워를 목표로 달려들어 어깨로 들이받아 버렸다.

퍼—적! 우르르르—!!

벽돌로 쌓아올린 타워이기에 단 한 차례의 몸통 받음에 폭싹 주저앉았다.

쿠와앙! 우스스스—!

무너진 타워에서 돌가루 먼지가 뿌옇게 피어올랐다. 하지만 강철거인의 위압적인 실루엣은 선명하게 잡혔다.

끄더더덩, 쿵!

웅?!

무슨 이유에서인지 강철거인은 무너진 타워의 잔해 속에서 정지한 채 서 있었다. 왜 멈추었지?

오, 먼지에 가려져 보지 못했지만 수명에 달하는 근접 캐릭들이 다닥다닥 강철거인에 붙어 있는 것이었다.

근접 캐릭들의 육탄 공세!

뿌연 먼지에 강철거인을 움직이던 탑승자가 이들의 접근을 놓치고 말았기에 주요 부위가 이들의 공격에 파손당한 것이다.

근접 캐릭들이 발하는 오러의 형형색색한 빛이 먼지 속에서 아름답게 빛을 발했다.

강철거인의 움직임은 그렇게 뚝 멎었다.

하나 성벽이 무너진 순간 이미 싸움의 대세는 기울어진 뒤.

무너진 성벽 틈으로 무수한 공격 측 길드원들이 파고들어 혼란에 빠진 상대편 길드원들을 학살했다.

요새 수비의 핵심이 사라진 마당에 저항은 무의미했다.

그림은 상대편 유저원들이 학살당하며 길드전이 마무리되었다. 강철거인은 파괴되었지만 길드전은 단 한 기의 강철거인을 운용한 길드 측의 대승리였다.

이긴 길드 유저들이 성벽에 올라 서로 얼싸안으며 기쁨의 함성을 질러댔다.

"와아아아—!"

함성의 긴 여운을 끝으로 동영상은 검은 점으로 변하며 자막이 떴다.

Part 2, '오러의 시대' 이제 시작입니다.

문제의 동영상이 끝이 났다.

당연히 E&T 유저들은 끓어올랐다.

문제는 저 강철거인이 단지 Part 2 선행 아이템을 주워 모아 만들었다는 것!

즉, 선행 아이템을 토해내는 던전이 있는 요새의 가치가 급등할 수밖에 없는 것이다.

아직 한국 E&T가 Part 2로 전면 이행하지 않은 상태이기에 그 가치는 더욱 클 수밖에 없다.

당연히 거대 길드 간에 데면데면한 관계에 서서히 균열이 생기기 시작했다.

군소 길드의 야망은 더욱 컸다.

거대 길드에 하나둘 먹히는 상황에서 자신들에게 강철거인만 있으면 힘의 균형을 무너뜨리고 판을 뒤집어 버릴 수 있는 호기가 아닌가.

먹고 먹히는 싸움이 본격적으로 시작하려 했다.

길드전, 공성전의 전운이 한국 E&T에 불어닥쳤다.

그리고 내가 억류당한 바미안 요새는 선행 아이템이 발굴

되는 몇 안 되는 요새 중 하나.

트라이엄프!

*   *   *

긴장하고 있냐?

그렇다.

바로 오늘이 게임을 접느냐 마느냐의 기로에 선 바로 그날.

아바타르 길드를 향해 세 개 연합 길드가 길드전을 선포했고 자정을 기점으로 드디어 길드전이 시작되는 것이었다.

트라이엄프 클랜 구성원 40명의 역할은 바미안 요새 내부에서 혼란을 최대한 키우는 것이다.

바미안 요새에서 탈출하느냐 마느냐가 이 한 번의 싸움에 걸렸다.

내가 갇힌 뒤로 한 달간 아바타르 길드의 힘은 더욱 강대해졌다.

아바타르 길드가 바미안 요새에서 나오는 아이템을 조합해 강력한 철거인을 착착 만들어낸 것이다.

강철거인의 주요 부속이 출토되는 던전은 16개밖에 없는 것으로 판명이 났다.

그중 아바타르가 4개나 되는 요새를 선점하고 있다.

거대 길드로선 Part 2로 이행되기 전에 힘의 격차를 더욱 크게 벌릴 수 있는 기회로 보고 던전 발굴에 길드원들을 닦달했으며, 일체 외부인의 던전 출입을 제한했다.

아바타르뿐 아니라 던전을 소유한 거대 길드는 더욱 폐쇄적으로 던전을 운용했다.

이에 중소형 길드들의 불안감이 증폭되었다.

Part 2로 이행되기 전에 전부 먹히는 게 아닌가 하는.

그래서 뭉칠 수 있었다.

아바타르의 힘이 커지기 전에 아바타르가 근래에 축적한 힘을 테스트도 할 겸 세 개 길드가 길드전을 선포한 것이다.

말뿐인 빡세의 충동질은 아무 의미 없었다.

단지 자신들의 이해에 따라 자연스레 전쟁이 벌어진 셈이다.

여하튼 트라이엄프 클랜으로선 다시 없는 호기!

길드전 시작 10분 전.

아바타르 측이 우리의 움직임을 모르지는 않을 터.

그러기에 나는 모험을 하기로 했고, 이 모험은 나 자신이 원한 것이다.

게임을 접느냐 마느냐 결정하는 것은 나여야 하기에 내가 동원할 수 있는 최선을 다하기로.

클랜원들과 한 달간 지내면서 구박도 받았지만 도움을 더 많이 받았다. 다양한 캐릭들이 모여 있어서 지오들에게 필요한 많은 스킬들을 전수받을 수 있었다.

그중 핵심 수혜자는 매서커 지오!

86레벨에 들어섰고 무기에 오러를 담을 수 있게 된 것이다.

86레벨 피통 전사가 무기에 오러를 담는다?

클랜원들 모두가 매서커 캐릭을 사기 캐릭으로 선포했다.

오러의 영역은 100레벨이기에…….

이도 클랜원들의 노하우 전수에 기인한 오러 발현이었다.

그렇게 미로 지대에 억류된 이 한 달간 좋은 유저들을 사귀며 알찬 시간을 보낸 것이다.

그깃으로 된 거였다.

나는 클랜원들을 탈출시켜 이들을 승리자로 만들고 싶어졌다. 그래서 아주 큰 무리수를 저질렀다.

그런데 그 무리수가 왜 이렇게 오지 않지?

"짜잔, 까꿍―"

미요미요 등장!

"왔어?"

"헹, 달랑 '왔어?' 가 뭐야. 끌어안고 뽀뽀를 퍼부어도 받아줄 판에… 하여튼 하수도에서 눈치 채긴 했지만 정말 무드 없다니까."

"험험, 부탁한 것은?"

"물론 가지고 왔징— 이곳까지 숨어드는 데 장장 3일 걸렸으니까… 나랑 총 72회의 데이트를 해야 한당. 약속 지켜라—"

"끄응~"

"어허, 반응이 시원찮은데 확, 다 까발린다?"

"알았어, 약속! 같이 72번 사냥 나갈게."

"꺄항— 들었죠, 들었죠?!"

"……."

미요미요는 야사시한 '검은 고양이' 로그 세트 복장을 한 채 긴장으로 얼굴이 굳어진 클랜원들 사이를 팔딱팔딱 뛰어 다녔다.

미요미요의 그런 모습에 클랜원들은 뻥찐 표정으로 나를 쳐다보았다.

그녀의 등장에 기분 상해하는 클랜원들도 있음이 느껴졌다. 미요와 같은 로그 계열의 직업을 가진 유저들로 숨어들었으면 나갈 수도 있는 것이기에.

"파티원들에게 도움되는 아이템을 가져오게 했습니다. 가진거 모두 다 걸고 모험을 해야죠."

"좋은 건가 봐?"

소리 누님이 관심을 가져 주었다.

"파티원들의 능력치를 조금씩이지만 올려주는 아이템입니다. 없는 것보다야 낫겠죠."

"서른 명이 넘는데?"

"범위 아이템이라 아이템을 중심으로 30미터 내에 있으면 다 영향을 미칩니다."

"그런 아이템이 있었어?"

"여기서 나가지 못하면 아무 의미 없는 거죠."

소리 누님과의 대화에 미요미요가 끼어들었다.

"뭐야, 뭐야! 나밖에 없다고 그러고선 여기서 애인 만든 거야? 확, 가버린다."

"에, 말도 안 되는 소리. 아이템이나 넘겨. 시간 없어!"

"흥, 가져올 수 있는 사람은 나밖에 없다고 했잖아?! 그 말이 그 말 아냐?! 나 삐쳤다."

"그러고 보니… 그런 것 같네. 끙, 시간 없다니까?!"

"어, 소리까지 지르네. 잘 먹고 잘살아라! 이 바람둥이야!!"

그러곤 미요미요가 그냥 미로 지대로 들어가 버리는 게 아닌가.

"어어……."

나도 모르게 황급히 따라 들어가야 했다.

사랑 싸움도 귀엽게 하네, 라고 누군가 말했고 허탈한 웃음 소리가 번졌다. 얼굴이 후끈 달아올랐다.

미요미요가 반가운 건 사실이다만 이런 식의 농담은 사양이다. 몇 개월 가상 세계에서 알고 지내는 정도지 사람들 많은 곳에서 공공연한 애인 모드로 행세한다? 이건 아니잖아.

때가 때인데.

모퉁이를 두세 번 꺾자 미요미요가 벽에 기대어 서 있는 모습이 보였다.

매끈한 다리가 돋보이는 자세로 입을 뽀로통하게 내밀고 웃고 있었다.

가상의 모습이지만 긴장이 풀릴 정도로 매력적이다.

솔직히 저 그림 같은 모습이 생각나긴 생각났다.

"지오 오빠는 바보."

"내가 왜?"

"저기 있는 사람들 중엔 악질이란 악질들은 다 들어 있는 것도 몰라?! 아이템 자랑은 하는 게 아냐. 그건 기본이야."

"다 그렇지는 않아."

"물론 다는 아니겠지만 상당히 위험한 사람들이 있어. 이게 어떤 물건인 줄 안다면 난전 중에 오빠 등 뒤에서 무슨 짓을 할지 몰라. 길드전 시작하거든 아이템 착용하고 절대 등 뒤로 사람 두지 마."

"헐, 이럴 땐 할머니 같다니까."

"뭐? 할머니!! 파티 보너스를 누리며 게임 좀 하고 싶은 소녀의 여린 소망을 할.머.니?!"

"…알았어. 시간 다 됐어. 아이템이나 넘겨."

"흥, 사과의 증표를 달라!"

"사과의 증표?"

"자, 여기에 키스해 줘. 로맨틱하고 우아하게."

"…이봐."

사라라락—

"짜잔—!"

어느새 미요미요는 하늘한 원피스 차림으로 변신해 굵은 보석 반지가 반짝이는 오른손을 내미는 게 아닌가.

붉은 보석 반지 때문에 미요의 가늘고 하얀 팔이 돋보이는 게 가상 같지가 않아…….

도대체 이 누님은… 이슬만 먹고 자랐나?

아— 도대체 그녀의 머리속에 무엇이 들었는지 궁금할 지경이다.

"자, 어서……."

"……."

나는 가는 팔에 홀린 나머지 붉은 보석 위에 입을 가져다 댔다.

가상이니까. 그래, 가상이니까.

"꺄악—! 로맨틱! 로맨—틱!! 이달의 로맨틱 스샷 넘버 원!!"

"……?"

"제목은 미로에 갇힌 공주를 구한 기사. 어때?"

"꿍, 퍽도 공주디."

"헤헤헤."

순간,

Quest

저주받은 매서커.

내게서 달아날 수 없어!

그녀는 당신을 진심으로 걱정하는군요.

당신이 입을 맞춘 아이템은 특수 추적 아이템입니다. 당신이 어디 있든 그녀는 반드시 당신을 찾아낼 것입니다.

엥?!

Quest

매서커의 위기 감지.

경고!

보석에 저주 기능이 있음이 탐지되었습니다.

치명적이지 않기에 더욱 치명적일 수 있는 저주가 걸려 있습니다.

아이템에 저주를 걸면 당신은 방귀가 '뻥뻥' 터질지도 모릅니다.

그녀가 토라지지 않도록 좀 더 신경 쓰십시오.

커흑―!

이건 로맨틱 아이템이 아니라 스토커 아이템 아니냐구!!

방구쟁이 학살자라니, 카스리마에 금이 뿌득 나는 소리가 천둥처럼 울렸다.

누가 이 누님 좀 말려줘… 이건 천 년 묵은 마녀 수준이잖아.

웅? 그런데 전쟁을 앞둔 긴장감이 싸그리 사라졌네? 크으.

이봐, 누님!!

난 지금 엄청 곤두서야 한다고. 이러면 안 되지.

날을 세우자, 날을 세워.

부릅.

"캬흥― 눈 깔어."

"헉―!"

"이렇게 고생해서 왔는데 날 구박했지?! 까불면 저주 건다."

"아우―!!"

탈옥도 하기 전에 이딴 족쇄가 채워지다니.

진짜, 내가 게임 접고 만다, 말어!

"내가 관심있는 것은 파편의 무구 따위가 아냐. 난 지오 오빠가 좋아."

"좋아요? 왜요? 누님, 왜 하필 접니까?"

"입맛대로 데이트할 수 있잖아. 무려 일곱이야, 일곱! 빨주
노초파남보— 도레미파솔라시도—"

"참 좋으시겠어요."

"삐친 척은. 캬흥, 나 좋아하잖아?! 그래서 나 구박한 거구.
맞지, 맞지?!"

"으, 끓는다, 끓어. 편하게 생각하세요."

전세 역전이라 찧고 까불게 내버려 두었다.

탈옥만 생각하자. 도벽 자뻑녀에 대해선 생각을 말자.

간신히 아주 간신히 '심판의 검'을 굴욕 모드로 넘겨받았
다.

機甲戰記
Massacre
기갑전기 **매서커**

내가 간과한 게 있었다.

이곳은 백던이 있던 장소라는 것.

그리고 배신당한 경험을 가진 이들이 모임이 트라이엄프 클랜이다. 자의든 타의든 속아서 구속된 거 아닌가.

미요미요의 충고대로 몇몇은 조심해서 손해될 게 없는 거다.

난 심판의 검을 착용하지 않은 상태에서 미로에서 대기하며 길드전이 시작되기를 기다렸다.

호흡을 가다듬는 동안 두멍힌 천이 눈앞에서 하늘거렸다. 너울거리는 천이 내 뺨을 스치고 장난스럽게 때리기를 반복했다. 그녀, 무용 좀 하누만.

미요미요가 하늘거리는 원피스 차림으로 제법 우아하게 춤을 추었다. 지금 상황과는 전혀 어울리지 않는 그림임에도 멍하니 보아줄 수밖에 없었다.

솔직히 이런 아가씨가 지금 내 주위에 있다는 게 신기했다.

나 좋다는데 실제 만남을 한번 당겨봐?

아서라, 괜히 가상의 좋은 관계가 서먹하게 될 게 뻔하니.

그 때문인지 길드전에 대한 생각은 내 머리 구석 어디에도 자리하고 있지 않았다. 현실은 현실.

> 자정을 시작으로 이곳 바미안 요새에서 길드전이 벌어집니다. 파벌에 속하지 않은 유저는 자동으로 로그아웃 됩니다. 파벌에 속하지 않은 유저들은 신속하게 녹색 지대로 이동해 주시기 바랍니다.

길드전에 대한 공식 공지 메시지가 떴으니 이제 남은 시간은 3분이다.

많은 유저들이 녹색 지대에 몰려 이번 길드전을 구경하겠지.

양측 모두 극소수의 강철거인 '나이트 골렘'을 동원한 첫 길드전이니까.

눈앞에서 하늘거리던 천의 촉감이 손등에 부드럽게 감겨
왔다.

이어 촉촉이 젖은 눈망울이 매력적인 작은 얼굴도.

미요는 한쪽 눈을 찡긋하며 나에게 입을 맞추어왔다.

"……!!"

그녀는 그 모습 그대로 스르륵 사라졌다.

이… 이러시면…….

정인의 증표.

로그 마스터 미요미요님으로부터 트레져 헌터의 은영 스카프를 받았
습니다. 손목에 묶여진 '트레져 헌터의 스카프'는 당신이 치명적인 타
격을 받을 시 1ㅁ초간 데드 상태의 잔상을 남김과 동시에 실체는 보이지
않는 상태로 위험 지대에서 이탈하게 만들어줍니다.

트레져 헌터의 스카프는 귀속 아이템으로, 타인에게 양도 시 일회용
휘발성 아이템으로 전환됩니다.

"……!!"

미요미요를 구박한 기억밖에 없는데…….

거참, 이것이 바로 '구박의 미학'이란 것인가.

음, 저주에 정인의 증표라니… 겁나게 부담된다.

* * *

쿵, 콰쾅—!!

대단위 범위 마법이 떨어지며 지하 공동이 멍하게 울려왔다.

길드전의 시작을 알리는 축포나 마찬가지.

"대기. 우리 차례는 아직 멀었어. 골렘끼리 격돌하면 그때가 나설 차례야."

트라이엄프 클랜의 전투 지휘는 빡세가 맡았다.

눈알이 반들거리는 것이, 가상이지만 살기가 돌았다.

"응, 애인 배웅은 잘 했어?"

그도 미요미요의 소동을 보았기에 다시 등장한 나에게 말을 걸었다.

나는 오른손을 들어 손목에 감긴 분홍빛의 투명한 천을 보여주었다.

"오—!"

대기하는 공동 안에 유쾌한 웃음이 흘렀다.

몇몇 유저들이 다가와 부러운 듯이 내 등을 두드리거나 팔꿈치로 찍어 눌렀다.

거참; 한 달 만에 정이 많이 들었다.

고렙인 그들로서는 할 일이 없기에 내가 레벨업을 할 수 있도록 피도 채워주고 경비도 서주면서 많은 이야기를 나누었다.

개중엔 아무 대가도 없이 자신의 전문 스킬을 공개한 유저도 있었다. 내가 돌리는 캐릭이 무려 일곱이니 받아먹을 게 오죽 많은가. 그렇게 외롭지 않은 한 달이었다.

이 한 달간은 게임의 고수들을 만나 일대일 지도를 받은 것이나 마찬가지.

대부분 사람이 좋았지만 그냥 나보고 게임 접으라고 툴툴거리던 불량한 유저들도 있었다.

그런 클랜원들마저 미운 정이 들어버렸다.

'자, 모두 함께 빛이 넘치는 바깥 세계에서 만나는 겁니다.'

쿵쿵—!

밖에서 들리는 공성전의 소음이 점점이 커져 왔다.

지축이 울리는 것으로 보아 골렘이 출격한 것이 느껴졌다. 다시 가슴이 두근두근 뛰기 시작했다.

그때 누군가가 내게 다가왔다.

'솔로 굿바이'라는 미운 정이 가득 든 까칠한 형이었다. 소리 누님 정보론 40세 이혼남이라고 했는데 사귀기 어려운 유저 중 한 사람이라 했다. 나보고 게임 접으라고 익담을 퍼부은 바로 그 유저다.

또 무슨 악담을 퍼부으려고… 그런데,

"돌격하면 내 뒤에 바싹 붙어. 절대 흥분해 앞에 나서지 마. 내가 한 칼 먹이면 마무리는 네가 하는 식으로 치고 나가자고. 끝까지 안 죽여도 돼. 무조건 앞으로 달리는 거야."

"…예."

그가 한 달간 한 말을 다 합쳐도 이보단 많지 않으리라.

"필드에서 애인 만나야지. 애인 이쁘더라."

"……."

이렇게 말하고 씁쓸하게 돌아서는 그의 모습에서 그 누군가의 뒷모습이 똑같이 투영되어 떠올랐다.

좁았지만 믿을 수 있는 등을 가지고 있는 것은 같았다.

위기 시 그 사람의 진면목이 드러나기 마련이다.

출격 시간이 다가올수록 서로 선물을 교환하고 친구 등록을 다시 확인하는 등 약간 부산스러웠다.

그때,

고개를 숙이고 외부 정보를 끄나풀을 통해 듣고 있던 빡세의 고개가 치켜들었다.

"골렘끼리 격돌했다."

"아!"

"출격이다, 출격! 모두 탈출해 필드에서 만나자!!"

"와아!!"

마흔 명의 클랜원이 일제히 함성을 지르며 지하 계단을 뛰쳐 올라갔다.

퍼펑! 크카카각—!

뛰쳐 올라간 나이트 홀은 빡세가 심어놓은 끄나풀의 반란
으로 엉망진창 난장이 벌어진 상태.

"망토 없는 아바타르 길드원은 우리 편이다. 망토를 착용
한 캐릭들을 처단하도록."

빡세는 자신이 심어놓은 끄나풀의 존재를 이제야 밝혔다.

그 수가 족히 서른 명은 되었다.

아바타르 측에선 트라이엄프 클랜의 존재를 염두에 두고
많은 길드원들을 배치해 놓고 있었으나 길드 자체 내에 배신
자가 이렇게 많을 줄은 예상 밖이라 극도의 혼란에 빠지고 말
았다.

그리고 트라이엄프 클랜원들의 가세.

펑—! 콰광!!

"크헉!"

"우와앗, 죄수들이 튀어나왔다. 증원을… 우헙!"

"이것들이, 누구보고 죄수라는 거야!"

트라이엄프 클랜원들이 성난 파도처럼 쏟아져 나와 아바
타르 길드원에 대한 일방적인 학살을 벌였다.

나이트 홀 내부가 완벽하게 난전이 휩싸이자 난 '심판의
검'을 허리띠로 착용했다.

처억!

후우우우웅—

순간 검은색 빛기둥이 매서커 캐릭에게 떨어졌다.

빛기둥 속에서 반투명한 검은 천사와 정령들이 나타나 내 몸을 휘감았다. 따뜻하면서 부드러운 감촉이 선명하게 느껴졌고 가슴을 두근거리게 하는 웅장한 행진 음악이 울렸다.

이는 오직 나만이 보고, 느끼고, 들리는 효과.

이어 내 몸을 휘감은 타르타로스의 정령들이 나의 볼에 입을 맞추고는 용맹히게 날아 클랜원들의 등에 속속 스며들었다.

이 손바닥만 한 흑천사와 정령들이 날아가며 윙크하고 장난스레 경례를 붙이는 것이 여간 귀여운 게 아니다.

매서커 지오의 공격력이 30퍼센트 증가했습니다.
파티원들의 공격력이 10퍼센트 증가했습니다. 그 유효 범위는 반경 일백 미터입니다.

매서커 지오의 방어력이 30퍼센트 증가했습니다.
파티원들의 방어력이 10퍼센트 증가했습니다. 그 유효 범위는 반경 일백 미터입니다.

클랜원들은 자신들에게 어떤 변화가 생겼는지도 모른 채 싸움에 빠져들었다.

두 집단 간의 싸움은 격렬했지만 곧 일방적으로 변했다.

방어력과 공격력이 10퍼센트 향상된 것이 결정적으로 작용한 것이다.

10퍼센트 향상은 그리 큰 비율이 아닐 수도 있다.

하나 클랜원들 사이에 온갖 인챈트와 버퍼가 중복된 상태에서 다시금 10퍼센트 업이 되었으니 그 방어력과 공격력의 상승은 놀라웠다.

스카―!

"크헉!!"

"…뭐야, 그냥 녹아나잖아? 너무 약해."

클랜원 중에 누군가 의문을 제기했다만 상황은 급박했기에 모두 그냥 지나쳤다.

나이트 홀 내부가 진압되기까지는 순식간이었다.

"모두 밖으로!!"

문을 향해 몸을 트는 순간, 굳게 닫혀 있던 거대한 문이 활짝 열리는 게 아닌가.

끄드드드등― 쿵―!

우르르르―

활짝 열린 문을 통해 수십 명의 아바타르 기동대가 쏟아져들어왔다.

앗!!

길드전에 투입되어야 할 정예인 기동대가 등장하다니.

아바타르 길드의 정예 전투 집단이 바로 이들이다.

한 달간 이들과 미로에서 숨바꼭질을 했기에 이들의 실력이 대단함을 충분히 실감할 수 있었다.

기동대의 선두에 선 리더가 검을 가리키며 외쳤다.

"오냐, 잘 걸렸다. 배신자들과 시궁쥐를 처단하라!"

역시 만만한 길드가 아니었다.

선두에선 빡세가 중얼거렸다.

"제길, 골렘 간의 대치 때문에 기동대에 오히려 여유가 생겼구나."

그런 거였다.

양쪽 리더가 동시에 외쳤다.

"쳐라!!"

"와아!"

길드전의 판세를 알아볼 사이도 없이 평균 레벨이 100인 기동대와 격돌해야 했다.

그 수는 무려 일백이었다.

하지만 심판의 검이 부여하는 보너스가 작동하고 있었으니 우세는 클랜 쪽에 있었다.

슈가가각—

"크앗!"

독 오른 클랜원들은 자신들의 능력에 날개가 달린 줄도 모르고 열심히 아바타르 측 기동대를 가르고 유린했다.

문을 활짝 열어 세를 과시한 게 오히려 아바타르 측의 실수.

기동대와 클랜과의 난전은 건물 밖으로 빠르게 번져 나갔다.

빡세가 신이 나서 외쳤다.

"이대로 뭉쳐서 내성 문까지 밀고 간다. 가자—!"

아무도 이의를 달지 않았다.

수에선 밀렸지만 방어력, 공격력은 클랜 측이 어리둥절할 정도로 월등했다.

나는 매서커 지오를 위주로 나머지 캐릭들을 보호하며 솔로의 뒤를 따랐다.

피가 반쯤 줄어 충격 상태에 빌빌거리는 기동대원들을 일곱 캐릭이 우르르 달려들어 끝을 냈다.

"점핑 히트!"

"마나 히트!"

"블러드 터치!"

"윈드 블레이드!"

리치의 장딴지를 모아 만든 뼈 둔기로 치고 나면 단타 마법체 두 개와 두 개의 정령체가 뒤를 따르며 상대를 깨끗하게 마무리 지었다.

부우우욱— 뿌버벅벅!

"크에엑—!"

학살 공장의 톱니바퀴가 잘도 맞물려 돌아갔다.

백여 명에 달하는 최정예 기동대가 마흔 안팎의 클랜원들에게 빠르게 유린당하자 아바타르 측이 당황하는 게 역력하게 나타났다. 그만큼 일방적이었다. 어제까지만 해도 지하 암도에서 대등하게 대립하던 두 집단이다.

"말도 안 돼! 증원을!"

"강하다, 너무 강하다!!"

"이, 이럴 수가!"

클랜원들은 뭉쳐서 파도를 가르는 배처럼 앞으로, 앞으로 전진했다.

드디어 내성 문이 보이기 시작했다.

내성 문은 굳게 닫혀 있었고 내성 문 안쪽 광장은 비워져 있었다.

클랜의 가공할 파괴력 앞에 내성 벽에 대기하고 있는 아바타르 측 길드원들은 경악으로 바라보는 것 외에 대응이 없었다.

길드 최강 무력 단체인 기동대가 녹아내리는 마당에 누가 감히 막을 수 있을까?

게다 클랜 측에는 기적적으로 낙오자도 나오지 않았다.

강철대오란 이를 두고 하는 말.

이때까지는 정말 통쾌한 일방적인 싸움의 연속이었다.

문제의 그것이 등장하기 전까지……

*   *   *

내성 문에 다가가자 임시로 만든 규모가 큰 가건물이 광장에 접해서 보였다. 게임에서 구현한 건물과 벽돌 색이 다른 것으로 보아 근래에 유저들이 따로 만든 건물일 터였다.

문은 없다. 단지 지붕을 받치는 벽면과 기와지붕이 전부다.

대신 천장만 높았다.

현실에 비유하자면 자동차 정비 공장과 같은 외관.

그리고 그 안에 문제의 거체가 턱하니 버티고 앉아 있었다.

체고는 6.5미터 정도 됨직했고, 방송을 통해 보았던 그 엉성한 골렘보다 다부지고 탄탄한 모습의 강철거인이었다.

중장기사와 흡사한 장갑이 부착된 게 외관에서 큰 차이가 났다. 적의 물건이지만 멋있었다.

바로… 나이트 골렘!

역시 거대 길드가 만들면 확실히 뭔가가 달라도 달랐다.

완성체가 한 기에 뼈대만 앙상한 기체가 따로 한 기 더 있었다. 둘 다 내성 수비용 또는 예비 기체 정도로 보였다.

클랜원들은 약속이라도 한 깃처럼 우뚝 멈추어 섰다.

그 완성체 속으로 기사 차림의 유저가 급히 스며드는 게 포착되었다.

끄더더덩, 쿵!

강철거인이 자리를 박차고 일어서는 진동이 50미터 떨어진 클랜원들에게까지 전해졌다.

느낌이 속된 말로 '떠그럴'이다.

골렘 주기장이 내성 문과 바로 붙어 있을 줄이야.

끄나풀을 부리는 빡세가 이 사실을 몰랐을 리 없는데…….

우리의 시선은 빡세를 쫓았다.

"오러를 날릴 수 있는 유저들이 앞장서고 그 뒤를 나머지가 엄호한다."

의문도, 선택도 이 상황에선 나중 일.

성문을 부수는 대형으로 다가오는 나이트 골렘을 맞이할 준비에 들었다.

앞엔 강철거인, 등 뒤론 아바타르 측 기동대가 대열을 정비한 채 천천히 접근하고 있었다.

클랜 중에 오러를 날릴 수 있는 유저는 빡세를 포함해 넷뿐이었다. 클랜 내에서 최고의 강자들이다.

무기에 오러를 담아 마법체를 가르는 등 이곳에 오기까지 이들의 역할이 지대했다.

나 역시 현재 오러를 담아 내려칠 수는 있어도 오러를 유형으로 만들어 날리기에는 무언가 부족했다.

여튼 빡세를 중심으로 한 기사 스킬을 보유한 유저 넷이 각

자의 무기에 오러를 담아 다가오는 강철거인 가슴 부위의 조종실을 노리고 무기 끝에 오러를 모았다.

스앙—

형형색색의 구체가 무기 끝에 아름답게 맺혔다.

작은 점이 구슬이 되고, 구슬이 자라 빛의 구체로 자라났다.

우웅— 우웅—

맺힌 오러 끝을 중심으로 황홀한 색이 점점 짙어지며 공간 왜곡이 일어났다.

크기와 색상은 제각각. 하나 골렘의 장갑을 뚫을 수 있을 것같이 강렬한 에너지체임에 확실했다.

모든 클랜원들은 기대를 하고 다음 그림을 기다렸다. 골렘 오너가 미숙한 게 느껴질 정도로 다가오는 골렘의 움직임은 너무 느렸다.

두 발 빠르게 걷다 천천히 한 발 내디디는 게 영 아니었다.

빡세가 왠지 불안해 보이는 비시시한 웃음을 그리며 숫자를 헤아렸다.

"넷, 셋… 키야압—!!"

슈카가가각—

"크헉!"

"으악!!"

'오러탄'을 준비하던 클랜원들의 입에서 비명이 터져 나왔다.

무기 끝에 담대하게 맺혔던 오러는 비명과 함께 '픽!' 꺼져 버렸다.

빡세의 시뻘건 검이 오러를 날리려던 클랜원들을 베다니!

"으왁?!"

경악한 클랜원들 사이에서 비명이 터져 나왔다.

그와 동시에 몇몇 클랜원이 동료 클랜원들을 상대로 무기를 휘두르는 게 아닌가.

"왜 이래?!"

"물러나! 떨어져!"

클랜은 금세 두 패로 분리되었다.

빡세를 중심으로 한 일곱 명과 끄나풀이들이 뭉쳐 한 무리를 이루며 나머지 클랜원들과 나뉘어졌다.

"…왜?"

기습에 피통이 바닥을 드러낸 소리 누님이 빡세를 사납게 노려보며 다그쳤다.

"…확인할 게 있어서 말이지."

"무슨?"

"기동대를 너무 쉽게 이겨 버려서… 그거 이상하다는 생각 들지 않아?"

"무슨 소리야? 그게 무슨 상관 있어? 이게 뭐 하는 짓거리냐고?!"

"내 인생이… 배신이 '일상다반사'라."

"…배반? 왜?"

"노, 노. 다시 아바타르 측의 운영위원을 맡기로 했지."

"이잇!!"

"크크, 물론 듬직한 아이템과 함께! 짐작이 맞다면 클랜원 중에 타르타로스의 파편이 박힌 아이템을 가진 자가 있거든."

"파편? 고작 그것 때문에……."

"허, 고작이라니. 백던의 유저가 아니니 개념이 영 없구만."

"개자식—!"

"말을 길게 끌 필요가 없지 싶은데. 안 그래, 지오?"

클랜원들의 시선이 모두 나에게 집중되었다.

이 자식, 눈치를 챘구나.

"……."

뭐라고 할 말이 딱히 생각나지 않는데 내성 벽 위로 성기사 차림의 '가시 없는 장미'가 호위기사들을 대거 대동하고 등장했다.

"어머나, 지오님이 '심판의 검'의 새로운 주인일 줄은 정말 예상 밖이네요. 보세요. 이 체인 채찍이 요동치고 있어요."

짜르르르르—

"......!"

한 달 전 다급발이를 옭아매던 그 체인 채찍이 타르타로스의 파편이 박혀 있는 아이템이었다.

웅웅—

채찍이 떠는 소리에 반응해 허리띠에서 검은 아지랑이가 일어나 가시 없는 장미의 체인 채찍과 가늘게 연결되었다.

같은 공간에 두 개의 파편이 등장하자 은은한 검은빛이 뿜어져 나오며 서로에게 안부를 전하듯이 공명했다.

오직 나와 가시 없는 장미만이 이 검은 끈을 볼 수 있었다.

이는 부인할 수 없는 명백한 증거.

빡세는 거만하게 건들거리며 성벽 아래로 자신들의 일행을 이끌고 걸어갔다.

"낄낄낄, 내가 시궁쥐 전부를 마당 앞에 대령시킨다고 했지? 그리고 이런 월척까지 메인 메뉴로 등장시켰으니 약속 지키라고."

"그럼요, 아바타르의 운영위원 빡세님. 덕분에 청소도 마무리하고 파편도 손에 얻었으니 당연히 복귀시켜 드려야겠지요."

"역시 사람은 양지 속에서 살아야 한다니까."

이미 빡세는 트라이엄프 클랜을 팔 생각으로 이쪽으로 몰아온 것이다.

"개자식!!"

클랜원 중 한 명이 화를 못 이기고 튀어나갔다.

'전투요정'이라는 유저로, 조용조용 소리없이 클랜원들을 챙겨주었던 유저다.

순간 십여 개가 넘는 형형색색의 형광탄이 성벽 위에서 날아와 그의 몸을 관통했다.

슈웅― 파앗!

"크웃―!"

데드!!

나도 이미 경험한 오러탄이었다.

이에 남은 클랜원들은 어이가 없는지 욕마저 튀어나오지 않고 있었다.

이제 남은 것은 때 몰살뿐인가.

빡세는 뭐가 좋은지 계속 키득거렸다.

"지오 군, 죽기 전에 파티 리더 자리를 한번 해봐야겠지. 자라나는 캐릭에겐 이런 경험이 피가 되고 살이 된다고. 내가 가르칠 수 있는 가장 자랑스러운 스킬이니 소중하게 배우라고. 무한수옥에 돌아가면 요긴하게 쓰일 거야. 크크크."

"……"

파티 리더가 빡세에서 나에게로 이양되었다.

빡세들은 파티 탈퇴와 동시에 아바타르와 같은 붉은 실루엣으로 변했다.

이제 남은 클랜원은 서른 명.

빡세의 눈엔 살기와 조롱이 넘실거렸다.

내부 배신? 이미 징하게 경험했다.

이따위로 심판의 검을 포기할 것이었다면 애초에 가져오지도 않았다.

"좋아, 죽어주지. 죽어도 쉽게 죽진 않겠어, 오오오오ー!"

나는 이판사판 심정으로 보란 듯이 골렘 쪽으로 뛰쳐 나갔다.

아바타르의 관심은 파편의 무구를 지닌 나이기에 이렇게라도 클랜원들에게서 떨어져 나가야 했다.

매서커 지오를 컨트롤해 전력 질주 스킬을 발동해 내달렸다.

"안 돼! 가지 마!!"

몇몇 클랜원이 뒤늦게 정신을 차리고 나를 말리려 했지만 멈추기엔 늦었다.

여러분, 한 달간⋯ 고마웠습니다, 감사합니다.

원없이 즐겼습니다.

데드당하면 새로운 아르바이트를 시작해야겠죠.

멀티 트레이너의 꿈도 접고⋯ 재미있었는데⋯⋯.

겁없이 덤벼오는 나를 향해 골렘은 기다렸다는 듯이 거검을 휘둘러 왔다.

슈와아아앙ー

눈앞에 엄청난 풍압이 몰려오며 눈이 따가울 정도의 매서운 먼지가 파고들었다.

"웃—!"

어떤 원리로 강철거인이 움직이는지 몰라도 컨트롤 타이밍이 못 잡는 게 고스란히 느껴졌다.

순간 진창 구르기로 거검 밑으로 파고들어 골렘의 발치 아래까지 접근했다.

쿵, 쿵, 뻐적!

이크!

붕신! 소 발에 쥐가 잡히나 봐라. 절대 잡지 못한다.

느려 터진 골렘의 발을 진창 구르기의 여세를 몰아 회피한 다음, 골렘의 배후에서 몸을 일으켜 세웠다. 마침 그런 나를 위해 클랜원들이 마법체를 날리며 엄호해 주었고 터지는 섬광 속에서 강철거인이 두른 장갑의 요철을 타고 어깨 위로 올라설 수 있었다.

아바타르 측에서 조롱에 가까운 탄성이 울렸다.

강철거인의 두부 아래로 '파노라마 사이트'가 눈에 들어왔다.

현대전의 총아인 '슈팅 아머'와 비슷한 시야 확보 구조를 따르고 있었다.

기이이잉, 척!

골렘 오너는 내가 올라탄 줄 모르고 두어 번 두리번거리다 마법을 난사하는 클랜원들을 소탕하기 위해 앞으로 나아가기 시작했다.

운영 능력을 평가하자면 제로.

나는 흔들리는 골렘 위에서 둔기에 오러를 담아 골렘의 가슴 부위를 내리찍었다. 한 달 만에 이룬 성과를 그 일격에 모두 담았다.

"오러 해머—!"

쉬앙, 까아아앙—!!

골렘의 움직임이 뚝 멈추더니 그제야 어깨 위로 손을 뻗어 왔다.

이런 느린 움직임에 내가 잡힐 리 없다.

그러나 골렘 위에서 보니 주기장을 보호하기 위해 지붕 위로 수많은 저격수들이 대기하고 있는 게 시야에 잡혔다.

아바타르 측 로그와 어쌔신 계열의 유저들로, 활과 크로스보우를 동원해 저격해 왔다.

"떨어져라—!"

쉬쉬쉭, 씨에엑!

퍼퍼퍽!!

등짝에 무수한 화살과 쿼럴이 박혔다.

"크으—!"

정령의 가호부터 시작해 온갖 물리적인 보호 장치가 산산이 부서지며 사라졌다. 만약 파편의 무구에 담긴 방어력 상승 효과가 없었다면 바로 떨어졌으리라. 하나 두 번까지 버티긴 어렵다.

남은 기회는 오직 한 번!

동화율을 최고조로 뽑아 올리자 백색 뼈 둔기가 검붉은 광채에 휩싸였다.

이 검붉은 오러를 담아 골렘의 명치 부위를 향해 수직으로 내리찍었다.

"으라차차ー!"

투학! 쯔쩡ー!

뼈 둔기가 자루 끝에서 부러져 나갔다. 둔기는 오러의 투사를 견디지 못하고 산산이 부서지며 파편을 튕겨냈다.

손이 부르르 떨리며 어깨가 떨어져 나갈 것 같은 충격이 온몸을 덮쳤다. 얼마나 동화율을 높였는지 여실히 느껴졌다.

심판의 검을 착용한 자에 대한 보너스가 작용했는지는 알 수 없다.

둔기에서 오러가 분리되어 철판 속으로 스며드는 것을 본 것은 나만의 착각?

분노의 일격!

매서커의 분노가 분출되었습니다.

오러가 투사되어 대상은 1ㅁ초간 충격 상태에 빠집니다.

그럼 골렘은?

통했다!

충격파가 내부에 전해졌는지 골렘의 움직임이 뚝 그쳤다. 탑승한 오너에게 충분히 타격 에너지가 전해진 것이다.

기껏 천금 같은 10초간을 벌었건만 더 이상 강철거인을 도모할 아이템이 없잖은가.

제길, 이래서 오러를 견디는 무구가 중요하다니까.

이후 나는 완벽하게 노출되고 말았고, 이에 기다렸다는 듯이 터지는 누군가의 명령.

"사수, 뭐 하고 있어! 일제 사격—!"

쑤수수수슉, 파파—팟!!

"크—읏!"

명사수들의 저격에 고슴도치가 되어 땅바닥에 떨어졌다.

"아, 지오!!"

"이리로 뛰어—!"

클랜원들이 안타깝게 소리 지르며 나에게 달려오려 했다.

바보들, 오지 말고 흩어지라니까—!

이 말이 튀어나오기도 전에 클랜원들에게 화살과 쿼럴이 퍼부어졌다.

"아악!!"

"욱!"

클랜원들이 하나둘 쓰러져 갔다. 이 모습을 빡세가 비웃으며 지켜보다 나와 눈이 마주쳤다.

　망할 자식!!

　놈이 크게 외쳤다.

　"지오! 오러를 날리고 싶어했지?! 자, 이렇게 날리지. 잘 보라구!"

　빡세의 검끝에 붉은 형광색의 오러 구체가 맺혔다.

　그 어떤 캐릭보다도 오러를 담는 게 빨랐다.

　스파앙― 슈앗!

　붉은 오러체가 날아와 클랜원들을 가차없이 꿰뚫었다.

　단 한 번에 두세 명의 클랜원을 데드시켜 버렸다.

　뒤이어 무수한 화살이 날아와 나머지 클랜원들을 유린했다.

　소라 누님과 솔로 형이 나에게 뛰라고 손짓했다.

　'뛰어, 뛰라고. 저따위에게 아이템을 뺏기면 안 되잖아' 라고 말하는 것 같았다.

　달아나고 싶다. 그러나 달아날 곳이… 없다.

　간신히 일어섰다.

　피통이 바닥에 붙었다.

　움직임을 멈춘 골렘 아래에 위치했기에 퀘럴과 화살의 저격 시야에선 벗어나 있었지만 골렘의 오너가 서서히 충격에서 벗어나 골렘을 움직이려고 하는 게 땅의 신동으로 전해졌다.

그 순간 붉은 점 하나가 확대되어 날아왔다. 피할 수가 없다.

곡선을 그리며 휘어 들어온 붉은 오러체가 내 몸을 뚫고 지나갔다.

푸학—!!

"크읏!"

무릎이 절로 바닥을 찍었고, 얼굴이 차가운 땅과 붙었다.

뒤이어 귓가를 웅웅 울리는 함성들.

"와아—!!"

"죽었다!"

순간 손목에 감긴 분홍색 스카프에서 빛이 났다.

화랏—

나만이 느끼는 분홍빛이다.

어느 누구에게도 보이지 않는 10초간의 이동 시간이 주어진 것.

이 귀중한 시간을 어디에 사용하지?

순간 주기장에 대기하고 있는 장갑이 부착되지 않은 강철 거인이 눈에 들어왔다.

동영상에 나왔던 것과 흡사한 형태지만 가슴 부위만 두툼하게 장갑을 입힌 상태.

바로 저거다. 부수자!

죽을 바에야 저거라도 부수자는 심정으로 골렘 주기장으

로 뛰었다.

주기장의 경비는 삼엄했고 지붕 위에 저격수도 빼곡했지만, 아무도 나의 접근을 눈치 채지 못했다.

껍데기보다는 내부 마법진을 긁어버려 훼손시키는 거다.

장갑이 입혀지지 않은 가조립 상태의 골렘의 등 뒤로 올라탔다. 좁은 탑승구는 잠겨 있었다.

설마하는 심정으로 정비용 레버를 찾았다. 장갑을 입혔으면 드러나지 않는 부위이지만 조립 중인 골렘의 특성상 훤히 드러나 있었다.

당겼다.

철컥.

"……!!"

순간 내 몸이 강철거인의 운전실로 빨려들 듯이 파고들었다.

탑승 방법이 과거의 경험과 일치해 얼떨떨.

조종석에 앉아 숨을 고르는데,

당신은 골렘 오너로 등록되어 있지 않습니다. 나가지 않을 시
강제 방출됩니다. 3, 2…….

시끄러!!

소리가 나는 부위에 하나밖에 없는 무기인 심판의 검을 빼

어 들어 내리찍었다.

무기라곤 심판의 검 하나.

뚜단—

초기화!

오너 등록이 초기화되었습니다.

새로운 골렘 오너의 이름을 등록하십시오. 하지만 당신이 골렘 오너
자격이 없으면 등록은 불가능합니다.

"······!"

초기화되었다고? 골렘 오너라······.

나는 지체없이 매서커 지오로 등록했다.

당신은 이미 골렘 오너로서의 자격을 부여받았기에 탑승 대상입니
다.

새로운 골렘 오너로 매서커 지오님이 등록되었습니다.

그렇게 나는 놈들의 골렘 하나를 영원히 무용지물로 만들
었다.

아, 그리고 보니 이들도 파편을 소유하고 있으니 일시적이
겠군. 뭐, 어느 정도 당황해 헤매겠지.

상황이 정리가 되자 골렘 내부로 눈이 갔다.

어라?!

제법 익숙한 오퍼레이트 룸이다. 그것은…….

슈팅 아머!

그렇다. 이것은 근 3년간 손에 익은 '슈팅 아머'의 오퍼레이트 룸과 유사했다.

그러면 기동법도?

똑같았다.

개발사의 누군가가 슈팅 아머의 시뮬레이터 프로그램을 그대로 이식한 것이다.

허, 이거 재미있다!

파노라마 사이트를 통해 사체가 된 내 잔상을 향해 수많은 아바타르 길드원들이 달려드는 게 보였다.

숨을 깊이 들이쉬며 반구형 마나구에 양손을 얹었다.

스르륵 구르는 것이 기동법이 일치함이 느껴졌다.

단지 다른 것은 현실의 차가움 대신 따뜻함이 느껴진다는 것.

이러니 눈앞의 강철거인의 움직임이 어설픈 거였어.

숙달되어도 걷기 힘든 게 슈팅 아머이기에 일반인이 적응하기에는 제법 오랜 시간이 걸린다.

2년 동안의 공백을 잊고 슈팅 아머, 아니, 강철거인을 일으켜 세웠다. 아니, 그럴려고 했다.

쿠르르르, 끼잇.

오퍼레이트 룸이 흔들리는 게 곧 몸을 일으켜 세울 것 같았다.

갑작스러운 골렘의 진동에 주기장이 소란스러워졌다.

"누가 올라탄 거야?"

"등록된 오너는 운영위원 말고는 없는데… 대체 언제 올라탄 거야?"

툴툴거리며 주기장 경비를 서던 아바타르 길드원들이 비켜섰다. 그런데,

뭐, 뭐야?!

왜 움직여지지 않지. 왜 일어나지 않는 거야?!

골렘 오너로 등록되었다면 움직여야 하는 거 아냐?

제자리에서 몸만 흔들지 말고 일어나란 말이다!

"으핫, 끙……."

아무리 마나구를 때리고 굴려도 강철거인은 요지부동이었다.

"……!!"

이런, 만들다 만 거로구나.

제, 제길.

Act 07
지오, 일어서다

機甲戰記
Massacre
기갑전기 매서커

때마침 사체의 잔상 효과가 사라지고 있었다.

"앗, 잔상이다!"

"어디로 숨은 거야?!"

"로그들이 나서서 놈의 은신처를 찾아라!"

아바타르 측의 명령 소리가 움직이지 않는 골렘 안으로 고스란히 전해져 왔다.

그런데 저것은?

소리 누님과 솔로 형의 사체!

인벤토리 가방이 죄다 밖으로 뛰어나와 있었고 아바타르 길드원들이 낄낄거리며 그 둘의 아이템을 주워 담고 있었다.

저, 저런!

두 분 다 리얼 하드코어 유저였다니…….

이들을 다시 게임상에서 만날 수 없다는 생각에 눈물이 핑 돌았다.

죽었어—!!

"움직여, 움직이라고—! 이 깡통 주전자야—!"

깡통 주전자.

새로운 이름을 부여받았습니다.

올바른 등록 절차입니다.

뭐라고 중얼거리는지 들리지도 않았다.

분노가 뿜어져 나와 마나구로 빨려들어 갔다.

쑤오오오오—!

순간적으로 현기증이 몰려왔다.

"으으으……"

매서커 지오님이 '깡통 주전자'와 일체화에 들어갑니다.

당신의 생명을 깡통 주전자에 부여하십시오.

연결이 불안정합니다.

좀 더 집중해 주십시오.

집중, 몰입, 포커스—

"하아아압!!"

나의 생명은 분노, 분노는 나의 힘, 분노의 힘으로 일어서
라!

우릉—!

마법진이 활성화되었습니다.

활성 마법진 상태를 보고합니다.

—동작 제어 마법진이 부분 활성화되었습니다.

—피해 반탄 방어진이 부분 활성화되었습니다.

· 정령 반탄 방어진이 일부 활성화되었습니다.

—마법 반탄 방어진이 일부 활성화되었습니다.

—마나 엔진이 불안전하게 작동합니다.

—…불안전하게 작동합니다.

—…불안전하게 작동합니다

—마법진 간 연결이 희미하게 연결되어 있습니다.

골렘과 일체화 정도가 38퍼센트에 달합니다.

M5호는 당신의 의지에 응답할 최소한의 준비를 모두 마쳤습니다.

닥쳐!

일어서라고!!

Golem Status

골렘 등급:솔져.　　　부여받은 이름:깡통 주전자.

내구력:359,877　　　마나 출력:85,455

운전 중량:22.8톤.

외관 상태:부분 내장갑 착용 중.

출력 저하 없이 8.6톤의 장갑을 더 부착할 수 있으며 내구력을 증가시킬 수 있습니다.

기관 상태:마나 싱크로나이저, 던전 출토품 사용.

마나 엔진, 던전 출토품 사용.

마나 펌프, 던전 출토품 사용.

마나 컨트롤러, 던전 출토품 사용.

마나 제너레이터, 던전 출토품 사용.

…….

정비가 미미한 상태입니다.

무장 상태:없음.

기동 상태:오너의 신체적 능력에 절대적으로 의지합니다.

기동 시간:최대 출력으로 30분 기동 가능.

정속 출력으로 50분 기동 가능.

대기 상태: 유지 시간 2시간 대기 가능.

전적:없음.

강철거인의 상태창이 빠르게 흘러 지나갔다.

가조립 상태로 지극히 불안정한 상태입니다.
가동 중지를 정중히 권고합니다.

시끄러, 부숴 버릴 테다!
모든 메시지를 무시하고 강철거인을 일으켜 세웠다.

자세 제어가 급속히 떨어집니다.

골렘과의 일체화가 38퍼센트를 돌파했습니다. 최소 기동 상태에 들
어갑니다.

크드드드등— 쿵!!
일어섰다.
궁궁궁궁—
강철거인의 심장 박동이 울렸다.
갑자기 움직인 골렘을 쳐다보던 아바타르 측에서 경악성
이 터져 나왔다.
강철거인의 실루엣이 붉게 변해 적으로 인식되어 나타났
기에.

"앗, 골렘이 탈취당했다."

"저, 저럴 수가! 어떻게 숨어들 수가 있지?!"

"놈이 골렘에 숨어들었다."

"뭐, 뭐야?! 말도 안 돼!!"

지휘를 맡은 다수의 운영위원들의 목소리가 오퍼레이트 룸에 울렸다.

이후 나의 폭주가 시작되었다.

주변엔 거슬릴 게 없다. 먼저 건물 위에 진을 친 사수들을 노리고 건물 기둥을 들이받았다.

쿠콰―앙! 우수수수―

건물 지붕이 한쪽으로 허물어지며 사수들이 떨어져 잔해에 뒤죽박죽 섞여 버렸다.

"우와!!"

급히 접근하는 근접 캐릭들은 발을 굴려 중심을 흐트렸다.

쿠우우웅―!!

된다! 슈팅 아머와 같다. 기동이 먹힌다!!

바닥 표면을 스치듯이 차 올렸다.

투―학!

석판이 푸파파팟! 튀어오르며 아바타르 측 길드원들을 덮쳤다.

투타타타―

"크아악!"

골렘은 이렇게 움직이는 거다.

달려들려는 근접 캐릭들이 일시에 제압됐다.

"마법을 날려! 부숴 버려!!"

알아서 경고해 주니 고맙군.

빛의 무리가 파노라마 사이트를 통해 들어왔다.

골렘을 좌우로 흔들어 적들이 날린 오러탄과 마법체를 아슬하게 피했다. 이는 슈팅 아머 회피 기동의 기본인 상체 털기다.

"아아—!"

적들도 경탄이 내 귀에 맴돌았다.

대전차 미사일과 직사포 사이를 누비던 실력은 죽지 않았다.

"뭘 넋놓고 보고 있어?! 총공격해!!"

적들의 수는 많다. 사방에서 마법체와 정령체가 날아들었다.

회피하기엔 그 수가 너무 많다.

바닥을 좌우로 걷어차 올려 석판으로 더미를 세웠다.

푸스스— 파핫!!

더미와 충돌한 에너지체들이 흩어졌다.

원거리 공격이 소용없음을 느꼈는가.

"4호 골렘, 몸으로 막아!!"

"닌동 울 잠재우라고."

그래, 골렘으로 맞서보시겠다고?! 바라는 바지.

와라—!

4호 골렘으로 지칭된 골렘이 다가왔다.

조금 전에 비해 움직임이 신중했다. 이제야 움직이는 요령이 조금 붙은 모양새.

하나 그 정도론 걸음마 수준으로 보일 따름.

검끝이 겨누어졌음에도 나는 먼저 움직였다.

나의 움직임에 맞추어 상대는 검을 치켜들었다.

동작이 크다, 그리고 너무 정직했다.

포물선을 그리고 떨어지는 검의 궤적이 훤히 드러났고 내려치는 궤적 속으로 파고들었다.

키이이잇—!!

4호 골렘의 품에 어깨를 붙이고는 파고든 상태에서 그대로 상체를 일으켰다.

"으합—!'

이는 어깨 넘기기라는 몽고 씨름 기술.

부우우웅, 꽈아아앙—!!

거체의 골렘이 하늘을 날아 충돌하며 뿌연 먼지가 폭탄 떨어진 것처럼 퍼져 나갔다.

푸스스스스—

시야가 완벽하게 가려졌다.

4호 골렘은 일어날 기미가 안 보였다.

바닥에 떨어진 골렘용 거검을 주워 들었다.

쩌청—!

검을 노획했습니다. 주 무장으로 등록하시겠습니까?

당연히!

자이언트 롱 소드가 깡통 주전자의 무기로 등록되었습니다.

아이템창이 떠올랐다.

Item

무기명:자이언트 롱 소드.

어설프게 흉내 낸 골렘 전용 양손 거검이며, 재련될 수 없다.

길이 5미터, 폭 77센티미터, 중심 두께 5센티미터.

요구 스텟:골렘 전용.   급수:유저 메이드 아이템.

파괴력:23,□□□   내구성:18,□□□/18,□□□

옵션:없음.

각 아이템별 빈 소켓:없음.

들인 재료가 아깝다.

보기에만 무시무시하지 쓸데없이 몸체만 길어.

"똑 분질러 주지."

균형감을 맞추기 위해 검신 중 삼분지 일을 어림잡아 강철 거인의 발로 단숨에 밟았다.

카각, 깡—!

카터칼의 날이 부러지듯이 검끝이 똑 분질러지며 날아가 버렸다.

짧아진 검을 X자로 휘두르며 균형감을 맞추었다.

쇄액, 쉬익—!

거 좋다.

Item

무기명:개조된 자이언트 롱 소드.

어설프게 흉내 낸 골렘 전용 양손 거검이며, 재련될 수 없다.

길이 3.5미터, 폭 77센티미터, 중심 두께 5센티미터.

요구 스탯:골렘 전용.　　　급수:유저 메이드 아이템.

파괴력:25,□□□　　　내구성:13,8□□/15,□□□

옵션:없음.

각 아이템별 빈 소켓:없음.

" '개조된' 이라… 좋아! 이 몸이 잘 써주겠어―!"

그때,

투더더덩―

이제야 충격에서 벗어난 4호 골렘이 몸을 일으키는 게 눈에 들어왔다. 중심을 잡지 못해 흐느적거리며 삐걱대는 소리를 요란하게 흘리고 있었다.

간신히 중심을 잡고 나를 향해 서더니 검을 쥐려고 손을 뻗어왔다. 지극히 본능적인 동작.

"어딜, 돌려 달라고? 그래, 돌려주지! 가슴으로 받으라고!"

날카로운 거검 끝을 4호 골렘의 가슴 중심부에 가져다 댔다.

쓰캉―! 큐―웃!

거검을 4호 골렘의 가슴속으로 검 손잡이가 보일 때까지 쑤셔 넣었다.

크더덕, 쿠당당탕―!

상대는 나를 부둥켜 안으며 뒤로 무너졌다.

대자로 넘어진 4호 골렘은 내부 마법진에 흐르는 마나를 방출하며 진동하더니 움직임이 뚝 그쳤다.

푸스스스—

나는 4호 골렘 위에 올라탄 채 상태를 살폈다.

[4호, 대답해.]

[어떻게… 저렇게 내쳐질 수 있는 거야?!]

뒤늦게 내가 만들어낸 장면에 대한 감상평이 통신관을 타고 여과없이 흘러나왔다.

[앗! 조종석에 검이 박혔다.]

[기사들은 뭐 하는 거야?!]

[달려들어 마법진을 훼손하라고!!]

적들의 당황함이 역력히 느껴졌다.

좋아, 본격적인 감상은 이제부터 시작이야.

나는 깊이 박아넣은 거검을 단숨에 뽑아 들었다.

끼릿.

손끝을 타고 기분 나쁜 쇠 끌림이 전해져 왔다.

눈앞으로 십여 명의 기사가 갈색 망토를 휘날리며 달려오는 게 보였다.

발로 맨땅을 차 올려 달려드는 기사들에게 잔돌 세례를 퍼부었다.

투—학!

후두두두둑—

"크학!!"

흙먼지 사이를 지그재그로 격하게 움직여 눈에 띄는 아바

234 기갑전기 매서커

타르 길드원들을 거검으로 가차없이 휘둘러 베었다.

동선은 최대한 짧고 간결하게.

슈우웃— 스팟!

"아악—!"

검이 한 번 지날 때마다 두세 명의 아바타르 길드원이 두 동강 났고, 강철거인의 동작 하나하나에 단말마의 비명이 끊이지 않았다.

파괴력!

공격력이 아니다.

골렘이 휘두르는 검은 공격력이 아니라 파괴력으로 표현될 정도로 가해지는 물리력의 차원이 달랐다.

그렇다.

레벨도, 방어막도, 스킬도, 아이템도 의미없다.

골렘의 상대는 오직 골렘뿐인 것이다.

[어떻게 저럴 수가…….]

그 자체로 공포가 되었다.

내성 안뜰은 나를 중심으로 시간이 정지되었다.

*　　　　*　　　　*

아바타르도 참 딱했다

[저럴 수가! 빠르기가 전혀 다르잖아.]

[어떻게든 제압하란 말이야!!]

[골렘이 파손되다니… 돈이 얼마짜린데.]

일반 길드원들이 두 동강 나는 순간 뒤늦은 당황성이 통신구를 통해 토해내지고 있다.

'이보세요들, 4호 골렘 오너는 이미 데드했거든요?'

여하튼 나를 칭찬해 줘서 고맙긴 하네.

강철거인의 움직임이 이제 손에 완전히 익었다. 뻣뻣하던 느낌도 사라졌고 일반 캐릭들도 벨 수 있을 정도로 거검을 다룰 수 있다.

이에 빡세와 그 일당을 찾았다.

성벽 아래 우두커니 서서 뿌연 흙먼지를 뒤집어쓴 채 멍하니 나를 올려다보고 있었다. 얼굴빛이 회색으로 질려서 벌어진 입을 다물지 못하고 있다.

딱 걸렸어!

강철거인의 발을 굴려 석판과 흙을 놈에게 날려 보냈다.

촤하악— 후드드드득—

"크홋—!"

순간, 성벽 위에서 매서운 에너지의 유동이 감지되었다.

"……!"

'칫, 살려주는군. 그래, 아직 죽지 마라. 먼지 속에서 잠시 기다리고 있는 거야.'

공간의 이지러짐이 예사롭지 않다.

얼른 너부러진 골렘을 비스듬히 들어 올려 앞장 세웠다.

쇄에엑— 투가카캉—!

형형색색으로 덩어리진 에너지체가 4호 골렘의 장갑을 관통하며 철 파편이 튀었다.

오러, 오러탄이었다!

장갑이 부착되지 않은 골렘에 탑승한 나에겐 두말할 나위 없이 위협적이다.

다행히 나에겐 골렘 쉴드(?)가 있다.

4호 골렘을 앞장세우고 오러탄이 날아오는 성벽 위를 목표로 다가갔다.

쿵, 쿵—!

더미가 있으니 거칠 게 없었나.

가시 없는 장미가 아바타르 길드원들을 지휘하며 추궁하는 게 파노라마 사이트를 통해 선명하게 보였다.

[오러를 날려, 빨리 날리라고! 마법진만 훼손시키면 놈의 난동도 끝이야! 어서 집중하라고!]

가시 없는 장미를 중심으로 강자들이 모여 있음은 파편의 무구가 지닌 파티 보너스를 공유하기 위함이리라.

오러의 맷힘이 빨랐다.

순간 가시 없는 장미가 채찍을 둥글게 휘두르자 알 수 없는 섬뜩함이 허리춤을 타고 올라왔다.

이것은 파편의 무구가 보내는 경고?

맞았다!

가시 없는 장미의 손에 들린 체인 사슬 끝에 검은 오러가 뭉텅 맺혔다.

야구공만 했다.

이후 체인 채찍을 둥글게 휘두를 때마다 검은 오러 덩어리가 핸드볼 크기로, 다시금 농구공 크기로 형태가 커졌다.

지금껏 봐온 그 어떤 오러보다도 색이 짙었다.

종국엔 검은 오러가 감당이 안 될 정도로 커져 버렸다.

그 지름이 무려 1미터.

이렇게 큰 오러 덩어리는 본 적이 없다.

가시 없는 장미가 길쭉한 웃음을 배어 물었다.

섬짓!

순간,

치악—!!

체인 채찍이 공중을 때렸고, 검은 오러체가 채찍 끝에서 분리되어 날아왔다. 분리된 오러체는 길쭉하게 찌그러지며 그 길이가 2미터로 늘어났다. 그러더니,

씨이—잉, 슈캉—!

앞장세운 더미 골렘의 허리 부위가 뚝 떨어져 나가는 게 아닌가.

망할!

감탄하고 있을 때가 아니다.

남은 강철거인의 상체를 지체없이 성벽 위로 집어 던졌다.

"에잇—!"

쿠콰아앙—!

골렘의 상체가 성벽 아래로 떨어진 충격파에 성벽 위 인물들이 몸을 휘청했다. 그들이 날리려 준비한 오러들이 흩어졌다.

한 호흡 번 셈, 혼란한 틈을 타 빠르게 성벽으로 접근했다.

하지만 가시 없는 장미가 채찍 끝에 검은 오러를 일으키는 게 시야에 잡혔다.

비, 빌어먹을 사기 아이템 같으니.

무구의 권능도 권능이지만 그 혼란스러운 상황에서 오러를 날릴 준비를 하는 가시 없는 장미의 냉정함이 더욱 대단하게 다가왔다.

채찍 끝에 맺인 오러 체가 금세 2미터 크기로 자라났다. 내쳐지기만 하면 강철거인을 정중앙으로 양단시킬 태세.

급했다.

"이거나 먹어—!"

급한 김에 가시 없는 장미를 향해 거검을 던졌다.

슈와아아앙—

파편 무구끼리 연결된 검은 실의 유도를 따라 거검이 일직선으로 날았다.

푸헉—

"꺄악—!!"

선명한 관통음과 동시에 처절한 비명이 울렸다.

거검이 가시 없는 장미의 가슴 정중앙을 뚫고 내성 벽 바닥까지 파고들었다.

가시 없는 장미의 얼굴은 검자루에 가려져 보이지 않았고, 채찍 끝에 맺힌 검은 오러 덩어리가 성벽 바닥에 뚝 떨어졌다.

우르르르릉—

순간 검은 오러체가 떨어진 바닥을 중심으로 균열이 생기며 함몰되었고, 가시 없는 장미를 비롯해 호위기사가 대부분이 중심을 잃고 돌무더기와 함께 매몰되었다.

아바타르의 지휘부가 있던 성벽 위가 그렇게 침묵했다.

파편 무구가 만든 오러체는 확실히 달라도 달랐다.

"…헉헉."

잔당들은 아직도 많았다.

무기, 무기가 필요해.

성벽 아래 너부러진 4호 골렘의 팔을 뜯어냈다.

까끄덕, 뿌적!

섬뜩한 금속 파열음이 대기를 차갑게 채웠다.

"죽어!!"

쾅, 콰아앙—!!

내성 벽의 균열이 더욱 벌어지며 와르르 무너졌다.

그렇게 무너진 성벽 조각을 들어 멀리 던졌다.

아바타르 길드원들이 모이는 곳엔 예외없이 돌덩이를 날렸다. 쏟아져 내리는 돌무더기에 아바타르 길드원들은 속수무책이었다. 지휘부도 사라진 마당이라 결국 그들은 뿔뿔이 흩어지기 시작했다.

어느새 주변엔 아바타르 측 유저들이 보이지 않았다. 오러가 날아오던 성벽 위까지 완벽하게 청소되었다.

이제 남은 것은 타깃 사냥.

빡세는 어디론가 흔적없이 사라지고 없었다.

그럼 가시 없는 장미는?

함몰된 성벽 아래로 검은 선이 움직였고, 그것은 내성 문 내부로 연결되고 있었디.

"무구에 대한 미련을 못 버리는군. 바라는 바다."

질기다, 질겨!

나도 질기다.

반파되어 축 늘어진 골렘을 머리 위로 완전히 치켜들고는 또다시 검은 실의 유도를 따라 내던졌다.

"파편의 무구를 버리지 않는 한 숨을 수 없어!"

구우우우— 푸파아—앙!!

내성 문이 통째로 내려앉았다.

순간 가시 없는 장미와 연결된 검은 실이 뚝 끊어지며 스스륵 사라졌다.

심판의 검이 성장했다고? 바빠, 몰라!

난 무어라 찬사를 보내든 신경 쓰지 않고 푹 주저앉은 내성 문을 닫고 외성 밖으로 나섰다.

트라이엄프 클랜원 중 오직 나만이 외성 밖으로 나온 셈이다.

버려진 요새 터답게 외성 지대엔 무너진 건물 잔해로 가득 차 있었고 허물어진 외성 벽이 저 멀리 보였다.

이 버려진 폐허 터에 클랜원들은 발을 딛고 싶어했다.

자유다, 자유!

하지만 감상에 젖고 있을 수가 없었다.

저 멀리 뿌연 먼지를 일으키며 움직이는 거체가 눈에 들어왔기에…….

세 기의 골렘이 외성 벽을 허물고 급하게 돌입하고 있었다.

길드전에 나섰던 아바타르 길드의 골렘들이었다.

[어떻게 골렘을 탈취당한단 말인가?!]

[놈은 단 한 기, 점잖게 상대하면 안 돼.]

[누구라도 좋으니 한 기는 희생해서 붙들고 늘어지라고. 그래야만 노획할 수 있어.]

다 들려요, 다 들린다고요. 이 밥팅이들아, 통신 보안도 몰라?!

그렇지만 길드전에 나섰던 이 셋의 움직임은 달랐다.

보폭이 일정하며 어깨 흔들림이 없는 것이 기본 기동 이상은 채득한 유저들인 듯했다.

무너진 성벽에서 삐져나온 거검을 주워 들었다.

짧아진 검의 검날을 길게 보이는 쪽으로 잡고 세 기의 골렘을 향해 나아갔다.

"삼 대 일이라… 제길, 한번 엉겨주지."

덜덜덜, 털— 꾸우우우, 쿵!

웅?! 왜 출력이 떨어지지?

급격한 기동으로 가동 시간이 소진되었습니다.

뭐야?! 최대 출력으로 30분 기동할 수 있다고 했는데?

아차차, 내성에서의 난동 자체가 최대 출력을 넘긴 거였어.

짐작은 맞았다.

운용 팁:기동 시간을 늘리려면 CEN 스탯을 늘리십시오.
최대 출력을 넘겨 기동하면 기동 시간이 부쩍 줄어듭니다.

이때까지 CEN에 대해 알려진 것이라고는 순간적인 근력, 폭발적인 스피드, 빠른 치유력, 놀라운 정확도 등에 추가적으로 영향을 미친다는 것뿐이었다.

예를 들자면, 매서커 지오 캐릭에게 CEN 능력치 100이 있다고 치면 이 능력치가 어떤 특정 능력치에 플러스가 되어 가공할 능력을 발휘하게 만드는 것이다.

한마디로 모든 능력치에 보태져 오버 스펙시켜 주는 정도.

Part 2가 예고되면서 그 CEN 스탯치가 기사들의 꿈인 오러탄을 날려 보낼 수 있는 근간임이 밝혀졌다.

이것만으로도 대단한 반향을 일으켰다.

그리고 지금 또 하나!

강철거인을 움직이는 자격 조건과 기동 시간의 핵심이다.

골렘 오너에게 이 CEN 능력치는 수치 그대로 적용되어 CEN 능력치가 미달이면 탑승도 거부되며 기동 시간도 차이가 나는 것이다.

지금 나의 CEN 능력치는 거의 100레벨에 달한 유저들과 맞먹는다. 아니, 심판의 검이 부여하는 보너스로 인해 훨씬 상회하는 게 맞다. 그러기에 이때까지 강철거인이 보내는 온갖 경고를 무시하고 내성을 휘저을 수 있었다.

말똥을 치우고 온갖 몬스터들의 사체를 리얼 모드로 해체한 보람을 이제야 만끽하는가 했는데… 근데… 그런데…….

세 기의 골렘이 서슬 푸르게 다가오는 순간 딱 멈추어 버렸으니…….

다른 유저들의 가상 생활은 '로우 리스크, 하이 리턴'이라는데 우째서… 우째서…….

나의 가상 생활은 이다지도 험난하단 말인가!

*　　　*　　　*

작정하고 보너스로 받은 CEN 스텟을 부여했다.

> 강철 주전자를 안전한 곳으로 이동시키기 위한 정비 기동 시간이 주어집니다. 기동 시간 충전에 들어갑니다.
> 하지만 1ㅁ분 후 강철 주전자는 완전 정지합니다. 충분히 기동 시간을 확보한 후 강철 주전자를 이동시키십시오.

젠장, BP나 MP가 차듯이 바로 리셋 되지는 않는구나.

그런 버그 정도는 기대했는데…….

'좋아! 죽어도 고개를 들고 죽자!!'

우뚝 자세를 잡았다.

눈앞의 거대한 실루엣이 조심스럽게 접근하고 있었다.

나의 뼈다귀 강철거인은 검을 길게 잡은 채 상대를 맞이하는 자신만만한 자세를 잡고 서 있다.

자세는 완벽한 거만한 고수의 폼이다만, 전부 허세.

그런데 그림이 이상하게 돌아갔다.

[1호기, 1호기가 나서!]

[무슨 소리! 장갑이 두터운 3호기가 나서야지!]

[2호기가 그나마 우리보다 컨트롤이 뛰어나잖아. 2호기가 앞장서는 게…….]

뻘짓이다.

웃어야 될 상황이지만 적이 코앞에 있으니 그러지는 못하겠고 속으로 실소를 삼킬 수밖에 없었다.

골렘에 탑승한 이들은 하나같이 아바타르 길드의 운영위원들이다. 서로에게 명령하고 지시를 따를 이유가 없는, 나름 존엄한 존재들이라는 거지.

자신들끼리 서로 나서라고 토닥거리는 게 내게 전부 들리는 줄도 모르고 잘도 미루어댔다.

그들이 그렇게 20미터 전방에 대기하고 미적거리는 사이에 바닥을 드러냈던 골렘의 에너지 바가 서서히 차오르고 있었다.

CEN 능력치 1에 운영 시간이 30초라… 짜다.

지금 저들이 머뭇거리며 벌어준 시간 덕에 1분 정도의 가동 시간이 다시 생겨났다.

하지만 팔만 들어도 사라질 에너지량.

정비 기동이란 게 다 그런 거지.

그런 사정도 모르고 놈들은 여전히 움직이지 않고 자기들끼리 티격대고 있었다.

오, 3분 늘었다.

이 정도면 한 동작은 거창하게 뿌릴 수 있다.

싸워라, 너희들끼리 더 싸워라!

바람은 더 이상 통하지 않았다.

['단죄의 검' 입니다. 세 분, 지금 뭐 하고 게십니까? 길드전 시간이 종료되어 갑니다. 빨리 처치하지 않으면 길드 최고위원 직권으로 세 분의 골렘 오너 직을 박탈하겠습니다.]

[…….]

단죄의 검이라는 유저가 이들보다 상위의 운영위원임이 분명했다. 추궁이 있자마자 적들은 일시에 움직이기 시작했고, 5미터를 성큼 다가왔다.

"좋아, 와라!"

골렘의 한 발을 뒤로 약간 물리며 검끝을 중앙에 위치한 골렘에게 겨눠 너만은 잡겠다는 의지를 분명히 전달했다.

검끝이 겨누어진 중앙에 위치한 골렘이 멈칫했다.

그 덩치에 쫄기는. 그런데,

그으으으응—

자세만 틀었을 뿐인데 마나 엔진의 출력이 저하되는 게 고스란히 느껴졌고, 겨누어진 검끝이 부르르 떨며 떨구어지려 했다.

이, 이러면 안 되지.

화면에 나타난 잔여 기동 시간은 믿을 게 아니었다.

부들부들, 자세를 유지하기도 힘들다. 칫!

결론은 간단하다. 단번에 끝내야 해.

덤벼, 어서 덤비라고!

[어라? 놈의 움직임이 이상하다.]

[기동 시간이 다한 게 아닐까?]

[가능성있다. 좋아, 10분만 시간을 끌어보자.]

눈치가 빠삭하군. 놈들은 움직이지 않았다.

저들은 기동 시간을 가늠할 줄 아는 것이다.

제, 젠장.

좋아, 그럼 내가 가지.

한 동작에 끝내야 한다.

거리는 12미터.

개구리 도움닫기 하듯이 골렘을 살짝 뒤로 당겨 자세를 낮추었다 놓았다.

뜨텅, 쿠쿠쿠쿵—! 쯔파앗—!

9미터를 건너뛰어 순식간에 세 기의 골렘 앞에 당도했다.

세 기의 골렘이 깜짝 놀라 약간 들썩이는 게 감지되었다.

[앗─! 저럴 수…….]

강철거인의 남은 에너지를 모두 담아 수평 베기로 크게 휘둘렀다.

츄아악─ 슈가가가각!!

금속과 금속이 맞닿으면서 새파란 섬광이 눈앞에서 번쩍했다.

적들도 일시에 반응했다.

세 기의 골렘이 내려치는 검격이 골렘의 두부와 양어깨에 차곡차곡 떨어졌다.

팟스, 텅덩!

적들이 내려친 검격은 약했다.

아니다. 나의 검격이 더 빨라 그들은 마지막 힘 전달에 실패한 것이다.

그렇게 네 기의 강철거인이 엉긴 채 정지했다.

"……."

외성의 폐허 안에 고요가 흘렀다.

누군가에게는 답답한 10초가 흘렀다.

[1호기, 2호기… 응답하라, 응답하라!]

[상황을 보고하라.]

내가 보고하는 게 빠르지 싶군.

움츠렸던 골렘을 일으켜 세웠다. 그러자 두부와 어깨에 닿은 거검들이 힘을 잃고 미끄러져 떨어졌다.

투덩텅—!

〖아앗!〗

〖어떻게 저럴 수가?!〗

이제 골렘은 움직일 수 없다.

단지 자세만 반듯하게 일으켜 세우는 것으로 끝이었다.

거만하게 고개를 치켜들었다.

> **총체적 과부하!**
>
> 깡통 주전자는 기동 중지에 듭니다.
>
> 마나 엔진이 강제 정지되었습니다.
>
> 마나 쿨러가 과열된 열을 식히지 못하고 있습니다.
>
> 마나 펌프가 일시에 작동하지 않습니다.
>
> 마나 콘트롤러가 제어되지 않습니다.
>
> 상태창 종료에 듭니다.
>
> 3, 2, 1.

수우우우—

마지막 메시지를 끝으로 조종석이 어두워졌다.

파노라마 사이트르 통해 자연 채광이 흘러들 뿐이었고, 골렘 메시지는 더 이상 나타나지 않았다.

완전 정지.

네 기의 골렘을 부쉈으니 화풀이는 넘치도록 했다.

자, 죽이려면 죽여 봐라!

멀리 녹색 지대에서 이 모습을 보았을 일반 유저들에게 아바타르의 무능함을 알려졌기를…….

접근하는 아바타르 측 유저는 없었다.

고요하던 통신관에서 침울한 목소리들이 흘러나왔다.

[골렘 오너 모두가 부활지에서 부활했습니다.]

[마, 말도 안 돼…….]

묘한 정적이 흘렀다.

[전원 데드 상태 확인되었습니다.]

[더, 더 이상 전투는 무립니다.]

[골렘 움직임의 차원이 다릅니다.]

통신에 온갖 낙담이 터져 나오자,

[긴급 운영위원회의 결정 사항입니다. 더 이상 전투는 무의미합니다. 길드원 여러분은 골렘을 자극하지 말고 둘러서 바미안 요새를 탈출하십시오. 바미안 요새를 이 시간부로 포…포기합니다.]

[…아]

통신관엔 안타까운 탄성으로 가득 찼다.

접근하는 아바타르 길드원들은 없었다.

외성 밖에 포진한 아바타르 길드원들은 상대 길드와 대치한 채 움직일 줄을 몰랐다.

오직 나만이 요새 안에 우뚝 서 있다.

이겼다.

씁쓸한 나만의 승리였다.

그런데 뭐, 뭐? 바미안 요새를 포기한다고?

그럼 이 요새의 주인은 누가 되는 거지?

機甲戰記
Massacre
기갑전기 매서커

요새를 떠나는 아바타르 길드원들을 지켜보며 숨을 돌리고 있는데,

…3, 2, 1. E&T 전체 공성전이 끝났습니다.

다음 정식 공성전은 한 달 후에 벌어집니다. 모두들 수고하셨습니다. 공식 길드전을 선포하지 않은 상태에서 파쟁 시에는 도발 길드에게 페널티가 부여됩니다.

주르르륵, 일반적인 내용들이었다. 마지막 부분에 이르자,

공식 공지!

바미안 요새 정식 공성전이 끝났습니다.

길드 간의 전투가 없었습니다.

요새의 새 주인은 가장 많은 아바타르 길드원들을 '게임 오버' 시킨 클랜이나 유저에게 이양됩니다.

킬 포인트 148를 기록한 개인 유저가 나타났습니다.

그가 오늘의 최고 득점자로, 바미안 영지의 새로운 영주가 되셨습니다. 놀랍습니다!!

와—! 148 Kill—!

누군진 몰라도 씨를 말렸구나, 씨를 말렸어.

응? 내가 오늘 올린 킬 포인트랑 같네. 동점자 처리는 어떻게 하는 거지?

짜잔—!!

헛, 깜딱이야!!

Lord

바미안의 영주.

축하합니다.

매서커 지오님이 바미안 요새를 포함한 인근 지역의 새로운 영주가 되었습니다. 요새 표지석에 이름을 기입하십시오.

한 달 후, 다음 공성전까지 바미안 요새의 벽돌 한 조각, 풀 한 포기도 당신의 허락없이는 가져 나갈 수 없습니다. 요새 내 설치된 던전의 운영권은 자동적으로 지오님에게 귀속되며, 요새 내 유저를 상대로 한 수익 시설을 유치해 각종 세금을 부과할 수 있습니다.

호곡! 졸지에 서, 성주도 아니고 영주라니…….

난 분명 클랜 소속으로 참전했는데?

그런데 왜 나 혼자지? 트라이엄프 클랜은? 다른 클랜원들은?

의문을 풀기 위해 당장 내성 문앞 표지식을 찾아 '트라이엄프 클랜' 이라고 기입해 보았다.

거부!
등록 안 된 클랜입니다. 제대로 된 명칭을 기입하십시오.

아차, 그럴밖에.

억류된 상태에서 어떻게 클랜 등록이며 길드 창설 같은 정식 수속을 할 수 있었겠나. 그냥 일시적인 침목 모임, 그 이상도 이하도 아닌 거였어.

"팔자에 없는 영주라니… 에이~ 몰라."

할 수 없이 영주명에 '지오' 라 기입하자,

빰바라빰—!

Lord

바미안의 영주, 지오.

신임 영주로 등록되었습니다.

자부심을 가지고 바미안 영지의 발전을 위해 노력하십시오.

새로이 생성된 영주창을 확인하세요.

표지석에 등록된 이름 옆에 괄호를 열고 '트라이엄프 클랜' 이라 추가로 기입했다.

클랜원 중 소속 길드로 복귀할 사람은 복귀할 테지만 그렇지 않은 클랜원들이 찾아올지도 모르기에.

지금 당장 내가 할 수 있는 배려는 이것밖에 생각나지 않았다.

난 그들을 잊지 않았다. 그리고 앞으로도 결코 잊지 않을 것이다.

소리 누님, 솔로 형, 신 캐릭으로 찾아와요—!

표지석에 이름을 기입하고 돌아서는데 세 기의 너부러진

골렘이 눈에 들어왔다.

아, 잠깐. 그렇다는 것은?!

요새 안에 너부러진 골렘 네 기가 내 소유라는 이야기.

이걸 기뻐해야 하나, 말아야 하나? 머리가 다시 복잡해지며 요새를 둘러보았다.

게임을 접는다는 각오로 분탕질이나 거하게 지르겠다는 심정이었는데…….

소유자가 모험에 나서지 않으면 아무 의미 없이 사라진다는 아이템으로 클랜원들에게 조금이라도 도움을 주고 싶었을 따름이었는데…….

간만에 느낀 슈팅 아머의 손맛에 취했을 뿐인데…….

기갑은 이렇게 다루는 거라고 과시했을 따름인데…….

폐허 지대의 영주라니!

당연히 무수한 메시지가 주르륵 올라왔지만 눈으론 읽어도 어떤 의미인지 가슴에 와 닿지 않았다.

영주는 영주인데 누가 봐도 한 달짜리 영주.

헐, 우짜라고?!

＊　　　＊　　　＊

무엇부터 시작해야 될지 엄두는 나지 않아도 원칙은 간단하다.

"에이~ 까짓것, 풀 한 포기까지 다 팔아 치우겠어!"

빈 요새 터에 나의 외침이 웅웅 흘러다녔다.

버럭 고함을 마음껏 지르니 속이 편하군. 음, 이리 간단한 것을…….

별거 있나, 한 달 안에 벽돌 한 장, 먼지 한 톨까지 돈으로 바꾸는 수밖에.

그럼 버려진 요새 터에서 제일 값나가 보이는 물건은 무엇이냐? 오, 멀리 갈 필요없군.

행보의 제일 목표는 너부러진 골렘들.

자, 그럼 현실의 슈팅 아머와 같은 개념이 적용된다면?

돈 덩어리다, 돈 덩어리!

두근거리는 마음을 가라앉히고 기동 정지된 뼈 골렘의 오 퍼레이트 룸을 찬찬히 살펴보았다.

주 관심은 어떤 식으로 팔아 치울까.

그러나 잠시 들여다본다는 게 다시 앉고 말았다.

기관포나 미사일 등 화기 통제 시스템이 없는 것 빼고는 '슈팅 아머'와 같았다. 일제처럼 빡빡하지도, 미제처럼 넉넉하지도 않았다. 진지 구축용 슈팅 아머처럼 간단하고 있을 것만 있다는 느낌.

게임 개발사에서 EU의 군사용 슈팅 아머 시뮬레이트를 게임 내에 이식한 게 확실했다.

개인이 인공위성를 쏘아 올리는 시대니 군사기밀이 이런

식으로 흘러나와 게임에 적용된 것이리라.

슈팅 아머를 다룰 땐 잔고장을 대비한 예비 부품을 많이 확보하고 있어야 했다. 자연 적의 슈팅 아머를 노획하면 멀쩡한 부속만 가려 떼어내 잉여 부품으로 팔아먹었었다.

물론 당시 내가 나서서 팔아먹진 않았다.

그럴 위치에 있지도 않았고, 슈팅 아머 엔지니어들이 알아서 전쟁 상인들과 거래했었다.

"진흙탕이었지……."

과거의 기억을 부르르 털어내며 비좁은 오퍼레이트 룸에 몸을 묻었다. 안락하게 푸욱 스며드는 느낌에 부르르 몸을 떨었다.

"으, 이 느낌이……."

제기랄, 절로 몸을 맡기는 관성이 여전하다니.

한동안 게임에서 벗어날 수 없을 것 같은 예감이 불현듯 들었다.

익숙해서인가? 흥분했던 감상과 감정이 냉정하게 착 가라앉았다.

기동 시간이 다한 골렘의 오퍼레이트 룸은 햇빛에 데워진 새 둥지 같았다. 골렘 상태창은 죽은 채 깨어날 줄 몰랐다.

내일이 되어야 골렘의 상태를 점검할 수 있을 것이다.

골렘 오너가 되어버린 매서커의 상태창을 잔찬히 살펴보았다.

먼저 지도.

인근의 지형도 말고 요새 배치도가 따로 생성되어 있었다.
요새 배치도엔 건물 구조도, 던전 위치, 비밀 통로 등 영주만
이 알아야 하는 것들이 생성되어 있었다.

영주가 된 게 이제야 정말 실감났다.

최근 기록부터 찬찬히 돌려보았다.

Lord

당신은 바미안 영지의 영주.

현재 신임 영주로, 영주 레벨 1입니다.

영주민을 유치하시고 그들의 신뢰를 얻으세요.

신임 영주는 한 달간 요새 내에서 타깃팅이 되지 않습니다.

분발하십시오.

엥? 영주 레벨이라니?

영주면 영주지 웬 레벨이 등장하고 그래.

영지민을 유치하라고? 정신이 있는 거야, 없는 거야?

누구 마음대로 이딴 클래스를 떠넘기고 있어?

웅?!

Lord

영주권.

1. 영지민에 대한 징세권을 가집니다.

2. 상가 운영권 불하는 영주 고유 권한입니다.

3. 내성 내 입점 상단을 선정하고 상업세를 징수할 수 있습니다.

4. 모험가를 상대로 성내 던전의 이용료를 징수할 수 있습니다.

5. 이동 게이트를 설치해 상업 도시와의 이동권을 독점합니다.

6. 성내에 자리한 부활석의 위치를 옮길 수 있습니다.

7. 영주 레벨이 성장할 때마다 100포인트의 스텟 포인트가 부여됩니다.

자신만의 가신단을 꾸려서 보너스 스텟 포인트를 부여해 강력한 가신단을 구축할 수 있습니다.

단, 영주 직에서 물러나면 가신단에게 부여된 스텟 포인트는 사라집니다.

8. 던전에 봉인된 골렘의 부품은 영주와 영주가 인정한 가신단만이 발굴할 수 있습니다.

참고로, 현재 바미안의 지하엔 총 세 기의 골렘을 조립할 수 있는 부품이 남아 있습니다.

Part 2로 이행하면 매달 여덟 기의 골렘 핵심 부품이 출토됩니다.

오옷, 스텟 보너스가 100포인트라고? 세 기 분량씩이나 골렘 부품이 남았다고?

그래서 가시 없는 장미가 트라이엄프 길드를 토벌하기 위해 빡세 같은 자를 다시 받아들였구나.

여튼, 좋잖아. 빅 해피!

한 달 안에 부품을 모두 발굴해 버리면 빈 껍데기만 남기는 거다.

할게요. 멋진 영주가 되어보겠습니다.

크, 이 간사함을 보라.

아니다. 선택권이 없는 거다.

그런데⋯⋯.

Lord

Part 2 완전 이양 시 팁.

영주 레벨이 높을수록 보유 던전이 늘어납니다.

영주가 직접 전장에 출전 시 보유한 골렘 운영 시간에 가산 보너스가 주어집니다.

운영 시간은 영주 레벨에 영향을 받습니다.

바미안 지역은 아직 Part 2로 이행하지 못하고 있습니다.

크, 낚시다.

나서면 안 돼, 안 된다고…….

그동안 난 충분히 고생했어, 암!

누가 좀 보스 몹 좀 처치해서 Part 2로 완전히 넘어가게 만들란 말이다.

아차차, 이러고 있을 때가 아니다.

영주창을 통해 바미안 영지에 대한 정보를 훑었다.

뭐 팔아 먹을 게 있을라나.

Lord

바미안 영지.

고대에 만들어진 '왕의 대로'를 따라 산재한 요새 중 중급 규모의 요새를 중심으로 인근 지역을 아우르고 있다.

※등록된 NPC 영지민:5ㅁㅁ여 명.

분쟁 지역인데다 거대 몬스터의 난립으로 이주 희망자가 없습니다.

※보유 유료 던전의 개수:8개.

요새를 도시로 발전시키면 유료 던전이 늘어납니다.

※오픈 필드 개수:32개.

영주 레벨을 높이면 오프 필드가 늘어납니다.

현재 18개 오프 필드가 불특정 단체에 의해 강점되어 클로즈 필드화

헐— 완전 개털이다.

32개 오픈 필드 중 18개가 불특정 길드들에 의해 클로즈 필드로 변해 있다고?!

게다 NPC 주제에 감히 나의 신민이 되기를 거부하는 부락이 20개나 있다니……. 빠직.

이런 쾌씸한! 영주는 바로 이 몸이시다!!

내 이것들을 골렘으로…….

잠깐, 이 요새를 이용하는 잠재 고객이니 가려서 쫓아내야겠군. 감정 좀 삭히고…….

음, 머리가 제법 지끈거리는데.

우선 내 소유로 확정된 요새 내 유료 던전부터.

이 유료 던전을 소유해 얻을 수 있는 수익에 대해서는 아직 감이 오지 않다만 길드에서 길드원들이 이탈하지 않는 궁극적인 이유로 작용하는 게 이런 성내 유료 던전과 클로즈 필드다.

길드원 특별 할인. 뭐, 이런 식으로 말이지.

내일부터 바로 내 주머니를 채워줄 수 있는 유일한 혜택.

내성을 둘러보기로 하고 안락한(?) 골렘 오퍼레이트 룸에서 내려왔다. 내려오며 골렘의 굳건한 다리를 탕탕! 두드렸다.

"이놈은 멋지게 수리해서 가져야지. 네 기나 박살 낸 놈이잖아. 깡통 주전자, 넌 안심하라고. 이제부터 나완 일심동체야."

깡통 주전자, 바미안 영주의 전용 기체로 채택되다.
영주 전용 보너스로 기동 시간이 8퍼센트 늘어났습니다.

얼쑤—

*   *   *

뭔가가 나를 끌어당기는 느낌이 이럴까.
내성 문의 잔해 쪽으로 절로 발걸음이 이어졌다.
누가 나를 인도하는 것일까? 그것은… 심판의 검이었다.
허리띠로 화한 심판의 검이 차르르르 진동하는 게 아닌가.
'이런 적이 단 한 번도 없었는데…….'
방향을 다른 쪽으로 틀면 사납게 떨어댔다.
나를 저곳으로 데려다 달라! 그 의지가 선명하게 느껴졌다.
저곳은… 가시 없는 장미가 데드당한 장소.
재수없지만 갈 수밖에 없었다.
점점 가까이 다가가자 무너진 잔해 틈으로 검은빛의 실이 살아나더니 나와 가늘게 연결되었다.
쇠사슬이 차랑거리는 소리가 귓가에 천둥처럼 울렸다.

차라라락— 찰캉.

Quest

파편 무구 탐지.
오직 승자에게만이 파편 무구가 보입니다.
당신에게 아이템 소유에 대한 정당한 권한이 있습니다.

"……!!"

그렇다!!

아바타르 길드원들이 잔해에 파묻힌 걸 회수 못한 게 아니
었다. 타르타로스의 파편의 속성상 소유자를 죽인 승자에게
만 보이게끔 설정이 되어 있었던 것이다.

내가 다금발이를 죽이고 쟁취할 수 있었던 것과 같은 이치.

홀린 듯이 잔해 속으로 손이 향했다.

철커덩—!

작고 앙증맞은 검은색 체인이 연결된 쇠사슬이 나오더니
손목에 촤라락 하며 감겨왔다. 이곳이 자신이 있을 보금자리
라는 양. 순간,

꽈광!!

Quest

파편의 무구 획득ㅡ! 속박의 사슬.

타르타로스 속박의 사슬이 매서커 지오에게 귀속되었습니다. 타르타로스의 파편은 서로를 끌어당기는 성질이 있습니다.

무구에 박힌 검은 구슬을 서로 가져다 대면 밝혀지지 않은 파편의 속성이 드러납니다.

모험이 당신을 찾아갑니다. 모험에 대비하세요.

아ㅡ! 이 중요한 걸 잊고 있었다니.

나를 무려 두 달간 웃고 울게 만든 원흉이 아니던가.

그 돈 벌어주는 아이템이 이제 하나가 아니고 두 개란다.

"무하하하, 가시 없는 장미. 꼴 좋다."

그녀는 나와 불구대천의 원수로 자리매김했다.

그러길래,

"선량한 사람 왜 건드려?!"

자, 그럼, 어디 아이템 감상이나 해보실까.

차르르르릉ㅡ

손목에 감긴 체인이 수줍은 듯이 몸을 떨었다.

허허, 귀여운 것, 앙탈은.

여기까진 심판의 검과 흡사했다.

그 순간 문자가 이지러지며 새로운 내용이 나타났다.

오옷—!

따로 포인트가 부여된다면… 이거 장난이 아니잖아!

어구의 능력을 1퍼센트씩 끌어올려 준다.

물리적인 공격을 3회 연속 상대에게 되돌려 보내며 같은 타르타로스 계열 무기가 가한 공격을 1회 회피한다.

마법체와 정령체에 대해 탁월한 저항력을 발휘한다.

무기로 사용 시:

> 체인 채찍으로 전환.
>
> 채찍 무기로 사용 시 스킬 딜 타임이 2퍼센트 빨라지며 추가 데미지 효과가 15퍼센트, 크리티컬 확률이 12퍼센트 증가한다.
>
> (다른 손에 같은 계열의 무구가 있다면 효과는 합산된다.)
>
> 상대를 채찍으로 속박하면 '블리드 드레인' 효과 발생.
>
> (블러드 드레인:상대의 BP를 자신의 BP가 풀로 찰 때까지 빨아들인다.)

단, 무기와 방어구로써의 기능은 하루에 단 한 번 사용 가능합니다.

전체 파티원에게 보너스 스텟 포인트 1, 스킬 포인트 2, CEN 포인트 3 증가. 1퍼센트의 방어력 증가와 1퍼센트의 공격력 증가를 가져다준다.

효력이 미치는 파티 인원수엔 제한이 없지만 반경 100미터 안까지만 영향력이 미칩니다.

제련된 아이템을 손상없이 소켓 초기화시킬 수 있다.

전투 시 상대방의 아이템을 무자비하게 파괴시키기도.

손잡이가 박힌 '타르타로스의 파편' 속엔 거대한 무언가 봉인되어 있
다. 봉인을 푸는 방법은 파편들이 모여야 조금씩 밝혀진다.

이 봉인을 푸는 것은 소유한 자의 숙명이자 사명!!

타르타로스 계열 던전 입장 시 3ㅁ퍼센트 할인받을 수 있다.

(같은 계열의 무구가 하나 더 늘수록 할인율은 5퍼센트씩 늘어난다.)

단, 소유 캐릭이 죽을 시 제일 먼저 떨어진다.

밝혀지지 않은 효과가 당신을 기다리고 있다.

이는 불행일 수도, 축복일 수도……

조심하라!

타르타로스의 파편은 서로를 끌어당기고 이끈다.

아이템창에서 괄호 안의 내용들이 새로이 밝혀진 내용들
이다.

이미 가지고 있는 심판의 검이 어떻게 성장했는지 손이 덜
덜 떨렸다.

심판의 검은 승자의 아이템 아닌가.

심판의 검을 뽑았다.

츠악—!!

검끝에서 검은 아지랑이가 물컹 일어났다가 사라졌다.

이는 이전에 없었던 효과.

Item

무기명:타르타로스 심판의 검.

권위의 상징으로, 무기가 아님. 레벨, 스텟 제한 없음.

공격력:동화율에 따른다.　　　내구도:무한.

몸에 착용 시:

　　　　허리에 감기는 허리띠 상태로 착용된다.

　　　　캐릭에게 보너스 스텟 포인트 각 ㅁㅁ+ㅁ.

　　　　CEN 포인트 ㅋ8+4 증가, 스텟 증가분은 미리 설정할 것.

　　　　스킬 포인트 ㄹㅁ.ㄹ 부여.

　　　　ㅋㅁ+ㅋ퍼센트의 방어력 증가와 ㅋㅁ+ㅋ퍼센트의 공격력 증

　　　　가를 가져다준다.

　　　　(카오스 오러가 만들어진다.)

　검끝에서 검은 아지랑이가 물컹 일어났다가 사라진 게 이

거였나? 좋았어!

무기로 사용 시:

　　　　크리티컬 확률 ㅋㅁ+ㅋ퍼센트 증가.

　　　　스킬 효과 지속 시간 ㅋㅁ+ㅋ퍼센트 증가.

스킬 딜 타임이 5ㅁ+5퍼센트 빨라진다.

포션 딜 타임이 3ㅁ+3퍼센트 빨라진다.

상대방이 걸어오는 물리적 스킬을 3+1회 연속 무력화시
킨다.

마법과 정령체의 공격을 각 1+1회 상대에게 돌려보낸
다.

단, 무기로써 기능은 하루에 단 한 번 사용 가능하다.

상대방의 아이템을 무자비하게 파괴시킨다.

(두 개의 오러체를 날려 보낼 수 있다.)

검끝에서 검은 구슬 두 개가 나타나더니 하늘 위로 휘익 날
아가 사라졌다. 두 개의 오러탄을 발출한다? 거 좋다.

파티 참여 시:

전체 파티원에게 보너스 스텟 포인트 1ㅁ+1.

ㄷEN 포인트 3+1 증가.

스킬 포인트 ㄹ+1 부여.

1ㅁ+1퍼센트의 방어력 증가와 1ㅁ+1퍼센트의 공격력 증가
를 가져다준다.

효력이 미치는 파티 인원수엔 제한 없지만 반경 1ㅁㅁ+1ㅁ미터 안까지
영향력이 미친다.

(오러의 발현이 8퍼센트 빨라진다.)

검신을 따라 검은 서기가 일어나더니 사방으로 팽창하며 퍼져 나갔다.

이제 나의 파티원들은 무적!

제련된 아이템의 소켓을 초기화시킬 수 있다.

(소켓을 하나 더 늘릴 수 있다.)

손잡이가 박힌 '타르타로스의 파편' 속엔 거대한 무언가가 봉인되어 있다. 봉인을 푸는 방법은 파편들이 모여야 밝혀진다.

이 봉인을 푸는 것은 소유한 자의 숙명이자 사명!

파편의 무구는 같은 파편의 무구를 끌어당기는 마력이 있습니다.

타르타로스 계열 던전 입장 시 5퍼센트 할인받을 수 있다.

단, 소유 캐릭이 죽을 시 제일 먼저 떨어진다.

파편의 무구를 모아라!

밝혀지지 않은 효과가 당신을 기다리고 있다.

이는 불행일 수도, 축복일 수도…….

검을 빼 들 일이 생긴다면… 신중하라!

손잡이 끝에 박힌 검은 구슬이 영롱한 검은빛을 발산했다.

우오, 소켓을 하나 더 팔 수 있다니!

이는 바로 새로운 수익 사업 모델이 하나 더 늘어난다는 것.

앙증스러운 사기 아이템이로세. 후덜덜.

팔고 싶어도 팔 수 없고, 죽고 싶어도 죽을 수 없는 것이다.

그 탐욕의 구질구질한 눈빛이 이해가 되었다.

하나 더 무구를 모으면 또 어떤 조화를 부릴지 궁금증이 동했다. 이러면 안 되는데…….

"내가 무슨 가시 없는 장미도 아니고… 과욕은 금물."

서로를 끌어당긴다고 하니 끌려갈 때까지 기다려야지.

그게 내 스타일이잖은가.

누구는 지금 가시가 못처럼 돋아 있을 것 같은데… 음, 상상만 해도 서늘한데? 그래도 어쩔 거야? 자기가 자초한 일이니.

"그래, 나를 더욱 저주하라고 해."

이 정도 아이템을 챙겼는데 그 정도 원망은 기본 옵션이지.

자, 이제 탈출도 했으니 두 형제들에게 자랑하러 가보실까!

이래저래 두 달을 지하 세계에서 살았으니 당당하게 빛 좀 따스하게 받아보고 살자고.

난 한 달간 바미안의 왕이다. 무하하하하—!

갑자기 재수없다고?

한 달이라도 재수있게 살아보겠다는 거지.

나름 두 달간 마음고생했잖우.

Act 09
모이는 사람들

機甲戰記
Massacre
기갑전기 매서커

세상일이란 게 원래 예상치 않게 일어나지 않는가.

지금도 그렇다.

누가 의도한 것도, 기획한 것도 아니다.

새파란 섬광이 터지며 세 기의 골렘이 역동적인 동작을 취한 채 멈추었다. 자세를 당당히 잡고 일어서는 뼈다귀 골렘.

그림엔 승자와 패자의 갈림이 명확했다.

한 편의 동영상이 그렇게 끝나자 무수한 댓글이 강풍에 하늘 높은 줄 모르고 치솟는 연처럼 주루룩 올라왔다.

탈취당한 골렘에 아바타르 떡.실.신!!

유저 동영상의 제목이다.

제목의 의도대로 한 시간 만에 이만여 개의 비웃음성 댓글로 도배되었다.

일타삼피, 아바타르 떡실신에 삼가 조의를 표하는 19,998人.
일타삼피, 아바타르 떡실신에 삼가 조의를 표하는 19,999人.
아싸, 내가 떡.실.신. 20,000人.

떡실신 댓글 사태였다.

영주전이 끝나고 단 한 시간 만에 벌어진 일이라 나나 이걸 같이 본 두 형제나 쩍— 하니 입이 벌어졌다.

"저걸 지오, 네가 저질렀다고?! 그냥 아이템 갖다 바치겠다더니?"

"예. 우짜다 보니……."

"우짜다 보니… 일타삼피라……."

그랬다, 우짜다.

"……."

이후 이 사건을 계기로 아바타르 길드는 '떡실신' 길드로, 그리고 나는 '일타삼피' 라는 넷티즌 명호가 따라붙어 다니게 될 줄은 몰랐다.

판타지 가상 세계에 일타삼피라니… 차리리 '탓짱' 이라고

붙이던가.

낭만이 없는 네티즌에게 절망했다—!

"일이 커졌구나, 일이 더 커졌어."

"나참, 풀렸다 싶으면 다시 꼬이니. 지오, 네 가상 생활은 왜 그리 우여곡절의 연속이냐?"

"……."

두 형제가 혀를 끌끌 찼다.

우씨, 내가 어쨌다고?!

내가 사람을 쳤나, 그냥 게임한 것뿐이잖아.

그저 흐르는 대로 흘러가서 암초 지대에 좌초한 그게 어찌 내 탓이란 말야?! 억울한 건 나라고요?!

내가 툴툴거릴 수도 없는 게 두 형제의 표정에서처럼 사태는 심상치 않았다.

"빌어먹을 놈들, 이렇게까지 하다니……."

"필드 곳곳에서 유저들이 아바타르 길드를 떡실신 길드로 놀리니 전 같으면 상상도 못하는 일이잖수."

"모욕을 갚겠다고 길드원들에게 총동원한 건 이해한다지만 이따위로 나오다니. 너무 치졸해."

"게임 방송엔 매 시간 뼈다귀 골렘의 난동 장면이 하일라이트로 방송되고 있었으니 이비티르 측으로신 우리 전부를 게임 접게 만들어도 그게 성에 차겠수?"

나참, 이 곰들이는 도대체 누구 편이야? 꼭 아바타르 대변인 같잖아.

이렇게 된 거 꽉 받아버려야지, 나름 지존이었다면서.

그러나 이 둘은 그저 비 맞은 중처럼 궁시렁댈 뿐이다.

사건은 이렇다.

나를 노리고 어쌔신들이 사단 급으로 몰려올 만하지만 이 몸은 고귀한 영주셔서 요새 내에서는 타깃팅 자체가 되지 않으니 투입하나 마나. 그래서 아바타르 길드원들은 엄한 곳으로 분풀이를 해왔다.

이제 파편 무구의 주인공이 누구인지 모두 알려진 상태이니 형제 상점 앞에 우르르 몰려와 인의 장막을 두르더니 유저들의 시야에서 상점을 가려 버렸다. 항의해도 듣는 둥 마는 둥.

장사 텄다.

자, 이제 어쩔 것인가?

가진 거라곤 파편의 무구 두 개, 뼈다귀 골렘 한 기, 수리할 방법을 찾지 못하는 반파된 골렘 네 기가 전부.

싸우지 않고 영지를 포기한다는 가정하에 팔 수 있는 거 다 팔아 치워봤자 푼돈.

한 달간 NPC 영지민들을 쥐어짜 봤자 얼마나 수입이 있을까. 원래부터 폐허인 요새에서 팔게 뭐 있나.

단지 골렘 부속을 출토해 파는 것 외엔 기대할 만한 소득이 전혀 없다.

고작 그 수익을 챙기고 모든 아이템과 계정을 정리한 뒤 E&T를 접는다?

물론 나야 파편의 무구를 경매에 내놓으면 한 밑천 단단히 챙길 수 있다.

그러나 두 형제는 사정이 다르다.

E&T는 근자에 드물게 기하급수적으로 유저들이 늘어나고 있는 게임.

즉, 트러블없이 버티기만 하면 향후 3년간은 꾸준한 벌이가 보장된 가상 환경이라는 것.

자업장이라면 절대 포기할 수 없는 게임인 것이다.

그렇다, 그들은 접을 수 없다.

그들이 접을 수 없으니 나 역시 마찬가지.

나로 인해 두 형제가 재기의 발판을 마련했다 생각했는데 또 나로 인해 다른 게임에서 처음부터 시작하는 시행착오를 겪어야 하는 것이다.

두 곰도 안다.

포기는 있을 수 없다! 굴복할 수 없다!

결론은 맞서 싸우는 것뿐.

기대 길드 아바다르를 상대로 싸운다? 직업장 입주로신 내리기 힘든 결론이다.

둘은 절레절레 고개를 흔들며 오락가락할 뿐.

그렇게 고민은 길어만 갔다.

큰곰이가 우뚝 서더니 주먹을 불끈 쥐었다.

"에라— 접을려고 한 작업장이었다."

"응?"

"근래엔 지오 덕에 공과 잡비 밀리지 않고 낼 수 있었어. 장사 핑계로 지오가 두 달간 갇혀 있을 때 도움을 주지 못한 게 마음에 걸렸는데 이번엔 도저히 참을 수 없다. 싸워주겠어!"

"아!"

"업장의 업주가 아니라 같은 동료로서 지오를 도와 바미안 요새를 지켜내는 거야!"

"형, 나도. 생각 잘했어! 오랜만에 유저로 돌아가는 거야. 작업장은 잠시 잊자고."

"좋아!"

작업장이 후끈 달아올랐다. 처져 있던 두 곰들의 어깨가 우뚝 섰다.

"일타삼피!"

"일타삼피!!"

헉—!

열혈 모드는 좋은데… 일타삼피를 외치시면 아니 되죠.

            *   *   *

　제일 먼저 반(反)아바타르 성향의 유저들을 모아야 했다.

　연락이 통하는 트라이엄프 클랜원 중 대부분이 자신들의
길드로 복귀해서는 그간의 공백을 메운다고 난색을 표했다.

　그들은 독 오른 아바타르들을 상대로 싸울 생각이 없는 것
이다. 그저 무저갱에서 탈출한 것에 만족하며 나와의 연락을
일방적으로 끊었다.

　엮이기 싫다! 그것이 그들의 마음이었다.

　그 정도는 양반이었다.

　일부는,

　"지오님, 게임 접으세요. 파편 무구 팔면 손해 볼 게 없지
싶은데… 우리 길드에 소개해 드릴까요?"

　"…호의는 감사하지만 그러기는 싫군요. 그럼…….."

　"잠깐, 운영위원 자리도 마련해 드릴 수 있는데? 새 캐릭
키울 때 밀어드리겠습니다."

　"관심없습니다."

　제길, 밖에 나오자마자 어찌 이렇게 사람들이 달라지는지.

　"사람 모으기가 어의치 않군요."

　"…그런 거지."

"에혀―"

그나마 도와주겠다는 소리 누님과 솔로 형은 캐릭을 새로이 키워야 했기에 당분간은 내가 돌봐 드려야 할 상황.

작은곰이가 말했다.

"영주전이든 길드전이든… 결국은 소모전이다. 소모전 알지? 돈이 축난다, 이거지."

"……."

"너 부자냐? 아니면 우리가 부자냐?"

"……."

"이만 명 대 기껏 모아봤자 수십 명의 대결이야. 경제력에서 상대가 안 돼."

우씨, 이 인간들은 꼭 돈 문제를 걸고 넘어가요.

같이 싸우기로 했잖아. 선수 기 죽이지 말란 말이야―!

"그럼, 한 달간 영주로 있으면서 실속만 챙기고 물러나자고요. 파편 무구까지 뺏어버렸으니 끝까지 찾아다닐 게 뻔한데."

"끄응―"

"이이구, 두야."

말로 싸우고자 하는 것과 실제 행동으로 옮기는 것에는 이렇듯 괴리가 있다. 그만큼 아바타르는 거대하고 버거운 상대다. 바늘로 방패 찌르기.

"이럴 줄 알았으면 지오가 공적으로 지목당했을 때 밀리터리 캐릭을 미리 키워두는 건데……."

"그러게. 럭키 인생이라고 그 정도 고난은 약이라고 두 손 놓고 있는 게 아니었어."

빠직. 이들의 각오가 흐지부지될 것 같아서 이마에 힘줄이 돋았지만 난 최대한 촉촉히 젖은 눈으로 은근한 어조로 낮추어 말했다.

"형님들이 두 달간 심판의 검으로 장사를 잘해주셨잖아요. 전 그걸로 만족합니다. 방해가 심해 이젠 그 서비스도 힘들어졌으니……. 심판의 검에 소켓을 하나 파낼 수 있는 기능이 생겼는데……. 서비스도 못해보고. 에효—"

두 곰이가 눈을 사납게 빛내며 동시에 외쳤다.

"놈들을 가만 안 둘 거야—!"

"놈들을 극복하겠어—!"

두 형제의 등 뒤에서 영역을 침범당한 맹수의 아우라가 일었다. 이거다, 이들의 격한 반응.

두 달간 못 본 척했으니 이번은 좀 움직여 보라고요. 둘다 왕년에 날렸다면서요.

드디어 미지근한 협조자들을 열혈 모드로 되돌렸다.

빙고!

일단 확실히 두 명 포섭 성공.

나도 가끔 사악해질 때가 있다.

　　　　*　　　*　　　*

　구체적인 대응책 마련에 들어갔다.

　단체 포섭은 물 건너갔다고 보고 개인 유저 중에서 사람을 모아보기로 했다.

　"아, 다금발이!!"

　이제야 생각나다니 나도 참.

　"두 분은 바미안 영주성에 분점을 내주세요. 근방 대부분이 고렙 사냥터니까 벌이가 그리 나쁘지는 않을 겁니다."

　"알았다. 이미 본점에 방해가 시작되자마자 찾아갈 준비를 마쳤다."

　"……."

　돈 버는 데는 이렇게 날래다니까.

　나의 이런 뚱한 눈치에,

　"험험, 물론 장사는 NPC를 고용해 맡기고 밀리터리 캐릭을 키워야겠지. 한 달간 얼마나 성장할지는 몰라도 두 달 후면 뭔가 성과가 있을 거야. 나이트 골렘이라… 사나이의 로망이지."

　"…같이 있어주시는 게 어딘데요."

　그려요. 같이만 있어주세요.

　"우리도 참, Part 2가 완전 이행된 것도 아닌데 이렇게까지

인기를 끌 줄이야."

두 형제는 이제야 자신들의 캐릭을 성장시키지 않은 것에 뒤늦은 후회를 했다.

늦지 않았습니다. 제가 팍팍 밀어드리겠습니다.

제발 열혈 모드 좀 유지해 주세요!

제길, 한 달밖에 밀어줄 수가 없으니.

단 한 차례 방어에 성공하면 수월해질 것도 같은데…….

나는 그렇게 두 형제와 상담을 마치고 친구 등록을 한 '골든보이'에게 쪽지를 보냈다.

아바타르, 그와 나의 공동의 적이지 않은가.

골든보이님, 지오입니다. 한 달간 밀어드릴께요. 바미안 요새로 오실래요?

기다렸다는 듯이 답글이 당도했다.

와우, 활약 대단했습니다. 길드 연합에 용병으로 참가해서 멀리서 지켜보았습니다. 새로운 바미안 영주님의 부름이신데 이 '골든보이' 기꺼이 종사해야지요. 당장 가겠습니다.

참 어려운 문자 쓰신디.

아바타르와 오래도록 투쟁한 골든보이를 바미안 성에서

만나기로 했다.

$$* \qquad * \qquad *$$

곳곳에 아바타르 길드의 흔적이 남아 있는 바미안 영주관.

"그동안 적적했습니다."

"저야말로 새 캐릭을 키우느라 어려울 때 도움이 못 되어 드렸습니다."

눈앞에 있는 '골든보이'라는 캐릭은 두 달 전 보았을 때완 완전히 다르게 변해 있었다. 참으로 판단이 모호한 차림이었다.

날카롭고 길쭉한 얼굴 등 특유의 외모는 그대로다.

문제는 상체를 모두 열어젖인 갈색 가죽 조끼에 검은색 가죽 바지와 진갈색 가죽 부츠를 걸쳐 변변한 방어구도 없이 빈티가 쫠쫠 흐른다는 것.

근데, 맨몸엔 온갖 화려한 장신구가 그득한 것이 움직이는 보석 진열장이 따로 없다는 것.

어느 정도냐면, 귀 둘레를 네다섯 가지의 귀걸이가 점령한 상태로, 팔찌는 기본에 팔뚝에 '뚝찌'까지 하고 있다. 장신구에 박힌 보석들도 고양이 눈알만 하다.

나의 눈치에 그는 가죽 부츠를 들어 보이며 씨익 웃는 것으로 그 안에 발찌를 차고 있음을 인정했다.

그래서인가, 발목까지 내려오는 누런 망토로 이 화려함을 살짝 가린 것은 그의 정신이 아직 판타지적이지 않음을 증명하는 거였다.

총평을 하자면, 찌질함과 부티가 함께 공존하는 묘한 캐릭이 따로 없다.

"살림이……?"

차마 모호합니다, 라고 말할 수가 없었다.

내가 그의 재산 대부분을 쿨하게 차지했으니까.

"큼, 더 이상 하드코어 모드로 플레이할 생각은 접었습니다. 오로지 힘. STR 능력치만 키웠습니다. 그러고 보니 튀는 차림이 되더군요."

"몰빵 캐릭?"

"그렇게 부르나요? 어찌 부르든 상당히 만족스러운 캐릭으로 성장했습니다. 그 덕에 '전설의 바바리안'이라는 히든 클래스를 받을 수 있었습니다."

"오─! 히든 클래스 전설의 바바리안?"

"그렇습니다. 이 '올 힘' 캐릭이 뿌리는 도격에서 뿜어 나오는 데미지는 작살입니다."

"햐─!!"

거 멋진데.

"한데……."

"한데?"

"방어구를 걸치면 데미지가 감소되는 페널티가 부여된다는 게 안타까운 일이죠."

"그, 그랬군요."

커홍, 헐벗은 야만인 전사시군.

기대치 급전직하. 변변한 방어구가 없는 게 그래서였어. 히든 클래스도 다 나름이라더니.

나 역시 매서커라는 히든 클래스를 받았는데 도대체 이때까지 나에게 무슨 혜택을 준 거야? 이걸 누구에게 따지나?

바바리안이나 매서커나 페널티가 많은 히든 클래스인 건 마찬가지.

하나 골든보이는 자신의 히든 클래스에 대한 자부심으로 얼굴이 뿌듯, 그 자체였다.

"방어구를 착용하지 못하니 쪼금 양아치스럽게 목걸이에 팔찌, 반지 등 액세서리로 방어력을 보정하고 있는 형편입니다."

"흐응."

알긴 아시는군.

이런 액세서리 도배를 어떻게 '쪼금' 이라 할 수 있지?

더 매달 수 있는 여력이 어디에 있다는 건지 도대체 알 수 없군.

"돈이?"

"저축한 거, 아티펙트 액세서리 맞추느라 다 탕진했습니다. 큰돈인 줄 알았는데 어지간한 스펙은 눈에 차지 않으니 순식간에 증발하더군요."

"아는 게 병이라는?"

"그겁니다. 고작 방어력 포인트 1 올리는 데 일이십만 원 우습게 날렸습니다. 중독이죠."

"아─!"

마구 질러댔구나… 조급하면 그 정도가 더 심하지.

고로 당신은 지금 개털.

"후유─ 보석 크기를 보고는 짐작은 했습니다."

형형색색의 고양이 눈을 주렁주렁 달고 다니려면 얼마나 제련을 시도하고 실패했을지 눈에 선하다.

"하하, 어떤 캐릭이든지 국민렙 이후론 돈 먹고 자리는 것 아닙니까. 현재 88, 89렙인 지오님과 파티하기엔 그저 그만입니다. 영주님이신 지오님의 지원이 절실히 필요할 때죠. 불러주셔서 오히려 감사합니다."

"…하하하."

어색한 호탕한 웃음이라.

골든보이는 빈대 붙으러 온 빈객(貧客)이었다. 귀한 그 빈객(賓客)이 아니다.

하나 이렇게 툭 터놓고 이야기하는 사람은 적어도 밥값은 한다.

믿음이 가는 게임상의 친구니 웃을 수밖에.

'에혀, 한 달간 빈대 붙으세요. 제가 팍팍 밀어드리죠.'

아바타르를 상대해야 할 나로선 빈대라도 반가운 실정 아
닌가.

영주가 포함된 파티는 요새 내 던전 이용 시 공짜다. 커
홍—!

*   *   *

외성은 원래부터 폐허 지대지만 내성 내부는 아바타르 길
드가 공을 들여 보수한 상가와 유저들이 살 만한 집이 있다.

나로 인해 내성 내 골렘 주기장 주변은 엉망진창으로 변했
지만 파손 부위는 일부에 불과했다.

일반 유저들이 근처 필드에서 사냥 도중 죽으면 부활하는
곳이 내성에 여덟 곳이 있었다. 이 여덟 곳 중 유저들의 성향
대로 사냥터에서 가까운 부활지를 선택하면 되는 것이다.

당연히 부활하여 필드로 나가려면 상가를 지나쳐야 하는
데…….

"앞이 깜깜하군요."

"인정합니다."

대장간, 무구점, 마법 물품점, 가죽 수집상, 시료 수집상,
보석 세공사, 여관…….

골든보이와 나와서 둘러보는 상가 지대는 그 어떤 유저도 찾기 어려울 정도로 썰렁했다.

유저들을 위한 편의를 제공해야 할 시설들이 아바타르 길드가 빠져나가면서 전부 사라지고 없었다. 자리했던 흔적만 남아 있을 따름이다.

잡화점을 오픈할 두 형제의 이동 마차가 도착하려면 한 주는 족히 걸린다. 그때쯤이면 유저들이 다 떠나고 난 뒤일 것이다.

당연히 렙업을 하다 정비하러 성에 들러 잡템을 처분하고 먹거리와 포션 등을 보급받아야 하는데, 제일 기초적인 시설이 없으니 유저들에게 외면받고 말 것이다.

게다 영주성 근처에 살고 있다는 NPC는 코빼기도 보이지 않는다. 뭐가 보여야 부려먹지…….

도시와 연결된 이동 게이트만 설치되면 금상첨화인데 게이트를 설치해 줄 고렙 메이지를 알고 있질 못하니… 역시 게임은 인맥이라는 게 괜히 나온 말이 아니었다.

참고로 게이트를 설치할 수 있는 메이지는 메이지 계열의 히든 클래스를 부여받은 유저로, 아주 극소수다.

그때였다.

웨웨웨―

등 뒤에서 파란색 나귀 두 쌍이 끄는 이동 마차가 등장했다.

"……!"

당신은?!

오호라, 너 잘 만났다!

영주의 권한이 있는 이유가 뭔데.

내 영지에서 당신 같은 사기꾼은 발 붙이지 못하도록 하도록 영주 권한 가운데 추방권이 있는 거다.

추방권!!

한번 찍히면 영주성에 절대 발을 붙일 수 없게 만들 수 있다.

너 딱 걸렸어, '일단 한번 먹어봐'.

하나 말은 골든보이를 의식해 영주답게,

"헬 켓 길드의 '일단' 님 아니오이까, 여긴 어인 일이신지요?"

"먼저 바미안의 영주가 되신 것을 감축드립니다. 대고객이신 지오님의 부르심을 받자와 '아크 알카미스트' 일단, 여기 대령했습니다."

"허―"

오늘 만나는 캐릭마다 사극 모드로 대하니 기함이 절로 나왔다. 이 느물한 영감탱이를 그냥……

"흥, 전 일단님을 부른 적이 없습니다."

아, 정말 인내심만큼은 '아크 엔젤' 지오다.

"고객님의 마음의 부르심을 들을 수 있어야 진정한 아크 알키미스트입니다. 과연 저 부서진 골렘을 어느 누가 수리하겠습니까. 과거의 질긴 인연을 생각해 제가 나서는 것은 당연한 거지요."

"헐~"

말 섞기가 귀찮아졌다.

얼른 영주창을 열어 추방 명단에 일단을 기입하고 추방 버튼을 누르려는 찰나,

"잠깐! 이 일단, 게임 인생 30년은 지오님 같은 귀상을 만나지 못해 방황한 세월이었소."

"엥?"

입이 쩌억 벌어졌다. 가상 공간에 귀상이라니?!

귀신 뺨치는 소리나 마찬가지.

안 돼, 말빨에 넘어가면 안 돼. 추방 버튼을 눌러야 돼! 저 영감만 나타나면 내 게임 생활이 꼬여들었어. 그러나 간사한 귀는 일단의 말을 좇고 있다.

"이 늙은 몸, 지오님에게 넘겨준 포션 가방을 추궁당해 결국 길드에서 축출당했습니다."

"꿍~"

아구, 듣지를 말 것을……

"정처없이 한 달을 헤메이다 드디어 지오님이 웅지를 펼치셨다는 감읍한 소식을 듣고 이렇게 달려왔소이다. 부디, 부디 내치지 말아주시오ㅡ! 영주님!!"

"…어?"

어디 탤런트 하다 오셨어요?

황당하기는 골든보이도 마찬가지인지라, 그의 가느다란 눈이 인정사정없이 커졌다. 그리고 참 사람 다양하게 사귄다는 눈으로 나를 바라보았다. 끙—

"그간 섭섭한 게 있으면 성심을 다해 만회하겠습니다. 그리고 영주에게는 나 같은 아크 알키미스트 정도가 붙어 있어야 '그 영주, 영주답다!' 는 소리가 나오는 겁니다. 부디—"

"허—"

기가 막혀 헛웃음이 다 들어갔다.

나를 적에게 팔긴 했어도 포션이 든 배낭을 넘겨준 것을 감안하면 그도 어쩔 수 없었던 상황이라는 것이 이해는 되었다.

내가 그가 건네준 고양이 귀 배낭을 빼앗기는 바람에 결국 외압이 들어와 길드에서 내쳐졌다는 것에 약간의 동정이 일기도.

그렇지만… 계산은 계산이다.

그리고 자고로 셈은 깔끔해야 한다.

'좋아, 이 몸이 당신을 징하게 부려주겠어.'

"내 아직 일단님을 신뢰할 수 없소이다. 먼저 저기 옮겨다 놓은 네 기의 골렘을 전부 수리한 후에 일단님의 거취에 대해서 생각해 봅시다."

"…에?"

일단의 눈이 커다랗게 뜨여졌다.

흐흠, 골렘을 수리할 능력이 안 되나 보군.

나의 의심스러운 눈초리에 일단은 발끈해 나섰다.

"아크 아키미스트 일단, 저따위 허접한 골렘을 수리하지 못한데서야 말이 안 되는 것. 일주일 만에 깨끗하게 수리해 보이리다."

"일주일입니다."

"아니, 5일. 5일!"

"좋습니다. 5일 후입니다. 그 아크라는 칭호가 정말 붙을 만 한 것인지 지켜보겠습니다."

"깨끗하게 수리해 놓겠습니다."

"또……!"

"또?"

"도시와 연결된 게이트를 영주관 본관에 설치해 주셔야겠습니다. 일단님도 물자를 넘겨받기 편하려면 게이트가 있어야겠지요?"

"한 시간 만에 당장 설치하겠습니다. 근데 설치비가……."

"아직 공을 세우지도 않았는데 자금 지원이라니요. 골렘을 수리하면서 공부하는 것으론 부족하단 말씀입니까?"

나의 바랄 걸 바라라는 눈초리에 일단은 낮게 신음했다.

어떤가? 나의 언변이 영주답지 않은가?

"끄응, 아닙니다. 영주다운 냉철한 모습에 감탄했습니다."

"뭐, 일단님의 그 두꺼운 얼굴 가죽에 감탄한 저만 하려고
요."

"끙."

일단의 기를 죽인 다음 몸을 틀며 골든보이에게 한쪽 눈을
찡긋해 보였다. 골든보이는 씽긋 웃으며 나를 따랐다.

그가 슬며시 일단이 안 보이게 엄지를 추켜세웠다.

에이, 쑥스럽게.

게이트도 설치되고 네 기의 골렘을 수리할 수 있다는데 그
게 어딘가.

아, 잠깐.

나에게는 놀고 있는 머리만 디따 좋은 메이지 캐릭이 둘이
나 있잖은가. 이참에 아크 알키미스의 도제로 집어넣는 것도
좋은 방법이다.

수리 같은 것을 배워두면 좋을 것이다.

물론, 감시도 할 겸.

OF TEN DIVINE NAMES

機甲戰記
Massacre
기갑전기 매서커

전체 공지!!

글로벌 E&T입니다.

한국 E&T 운영사의 노력에도 불구하고 한국 E&T의 Part 2 전환이 지체되고 있어 글로벌 E&T가 계획한 전체 일정에 막대한 지장을 초래하고 있습니다. 이에 글로벌 E&T는 보스 몹들로 하여금 파편의 무구를 찾아가게끔 이벤트를 준비했습니다.

한국 유저들이 보유한 파편의 무구가 거대 길드의 공동 소유인 점을 감안하여 보스 몹들은 강력한 군대를 동원해 무구를 되찾으려 할 것입니다.

이상 찾아가는 서비스 글로벌 E&T입니다.

헛! 찾아가는 서비스?

한국 유저들의 성향에 화가 난 운영사가 칼을 빼 든 것이다. 그것도 상위의 운영사인 글로벌 E&T에서.

그런데… 그런데!

보스 몹도 자체 성장해 버거운데 그 보스 몹이 군대까지 대동하고 파편 무구를 회수하기 위해 방문한다고?

돌겠군.

전체 공지!!

한국 E&T입니다.

'파편의 전쟁' 이 시작되었습니다.

보스 몹들이 자신의 군대를 규합하기 시작했습니다.

언제 어디서 어떤 식으로 침공이 개시될지는 아무도 모릅니다.

파편의 무구가 보스 몹에게 회수되면 다시는 생성되지 않습니다.

한국 E&T가 Part 2로 이행될 수 있는 유일한 기회일 수도 있습니다. 유저들의 역량을 결집해 몬스터 군대를 섬멸하고 보스 몹을 처단하십시오.

보스 몹을 처단한 지역을 우선적으로 Part 2로 이행합니다.

이상 한국 E&T였습니다.

"……!!"

빡 돌았다.

내일 당장 바미안 요새 앞에 보스 몹이 통솔하는 군대가 등장할 수 있는 것이기에.

현재 다른 파편 무구들은 거대 길드들이 보유한 요새에서 길드원들을 대상으로 소켓 분리 서비스를 제공하고 있는 중이다.

이미 이런 길드 소유의 요새들은 소도시에 준할 정도로 성장한 상태에 있어 길드원 말고도 요새를 수비할 유저나 NPC가 많다는 것이다. 게다 풍부한 자금을 바탕으로 용병대도 고용할 수 있으니 이 이벤트를 호기로 받아들일 수도 있다.

그에 비하면 난?

허물어진 성벽하며 매워진 해자에 NPC도 고작 500뿐.

돈? 없는 거나 마찬가지.

그런데도 파편 무구를 두 개나 가지고 있다.

보스 몹 둘이 동시에, 아니면 숨 돌릴 겨를도 없이 차례로 들이닥칠 수도 있다.

파편의 무구!

이건 분명 저주 아이템이 분명하다.

아바타르에다 이빈엔 보스 몹의 방문이라니…….

강도 떼 지나간 다음, 오크 떼 들이닥친 격.

"우씨, 왜 나만 미워하냐고?!"

*　　　*　　　*

그래도 할 일은 해야지.

"제 분신들입니다."

"말하지 않으셔도 얼굴이 말해주는군요."

이 영감 왜 이리 깍듯한 거야. 게임을 30년 하면 이렇게 게임상의 신분에도 충실해지는가 보지?

"차근차근 가르쳐 주세요. 메이지이긴 메이지인데 3퍼센트 부족한 메이지입니다."

"호오, 이런 멋진 메이지를 보고 그런 모욕이 어디 있습니까? 저보다 INT 능력치가 높은 캐릭들입니다. 스킬 포인트도 38이나 비축되어 있으니 잠재적 괴물들입니다."

"그, 그런가요?"

내가 너희들에게 너무 무심했구나!

메이지 지오, 다크 메이지 지오.

"아무리 오러의 시대가 도래했다 해도 결국은 마나의 시대에 기반한 것입니다."

"……."

"단지 1퍼센트 부족할 따름입니다. 그 부족한 1퍼센트는 이 아크 알키미스트 일단이 채워드리겠습니다, 영주님."

"……."

나참, 그 '아크', '아크' 귀에 딱지 앉겠다, 앉겠어.

여하튼 이제야 너희들이 활약할 때가 왔다.

너희들을 가혹하게 부려주겠어!

응?! 아, 맞다. 모두 나였지…….

그렇게 메이지 지오 둘을 일단에게 붙여 버렸다.

감시 겸 메인 클래스를 습득시키기 위한 공부.

게이트를 통해 두 형제가 도착했다. 그리고 그녀도.

"캬향, 지오 오빠가 영주라고? 그러면 영주 부인은 이 몸이!!"

잠깐, 누구 마음대로… 아니, 네가 적격자지.

그렇게 째려볼 건 없잖아.

암, 누가 감히 미요를 대신해 영주 부인을 맡을 만한 재목이 있을라고.

여하튼 이번 사건을 계기로 미요에 대한 생각이 확 달라진 나였다.

심판의 검을 안전하게 배달했을 뿐 아니라 자신의 중요한 아이템까지 포기했다. 그 덕에 영주가 되었으니 그녀가 영주 자리를 달라고 해도 두말없이 넘겨줄 참이다.

그런데 그녀가 원한 것은 영주 부인이시란다.

나는 미요에게 은근히 물었다.

"미요 누님, 영주가 되실 의향은 없으신지?"

"싫어. 영주가 되면 도둑질을 못하잖아. 우아한 영주 부인이 몰래몰래 밤 마실을 나와 여행객들을 터는 게 딱이야. 남편은 그 사실을 모르고 도둑을 색출하겠다고 난리지. 어때, 스토리 죽이지?! 누가 감히 영주 부인을 도둑으로 의심하겠어."

"……"

…그, 그런 생각이셨군요.

그 남편, 참 딱도 하셔.

*   *   *

츄아아앙―!

"……?"

일단이 만든 일인용 게이트를 통해 거구의 누군가가 나타났다.

"참 의리없는 지오님이시우. 골렘 장갑을 수리할 일이 있으면 이 몸이 필요할 텐데, 내가 직접 찾아오게 만들다니. 장인의 자존심이 무너뜨리다니. 나 '아크 마에스트로' 헉스, 삐쳤소이다."

"…헉스님."

당신마저 아크를 붙인단 말이오?!

헉스가 자신의 등에 사람만 한 궤를 3단으로 짊어지고 나타났다.

"부서진 골렘이 어디 있수? 부서져 나간 장갑을 내가 교체해 보이겠소이다. 물론 내 아이디어가 가미된 실험용 장갑이지만."

"실험용 장갑… 저쪽, 주기장에 모두 있습니다."

이분도 자신의 스킬을 숙련시키기 위해 나를 이용할 참.

에혀, 보스 몹이 언제 쳐들어올지 모르니 다들 마음대로 하세요.

"이번 한번은 그냥 수리해 드리지만 다음부터는 재료비를 받을 것입니다."

"예."

"지오님?"

"예."

"잘~ 발랐습니다. 거, 통쾌하더이다. 일타삼피라… 하하하!"

헉스는 웃으며 어깨를 탁, 치고는 사라졌다.

그렇게 또 한 사람의 유저가 합류했다.

커흑, 이 바미안 영지가 몰모트 영지라도 된다더냐—?!

어떻게 내 주위론 이렇게 비정상적인 캐릭들만 꼬이는지. 내 자체가 비정상 캐릭이라서 그렇다면 할 말 없나.

이렇게 미요에 헉스까지 영주관에 들어올 수 있는 캐릭이 하나 더 늘어났다.

나의 인망은 이렇듯 광대하고 사귐의 깊이가 깊다.

동의 못한다고?!

…나도 그렇다.

*　　　*　　　*

바미안에 벼락 출세 영주가 탄생한 지 이틀째.

내성 밖이 한 때의 소규모 무리로 시끄럽다.

앳된 여성 유저가 외성 밖에서 내성을 바라보는 자세에서 몇몇 스텝을 통솔해 개인 방송을 진행하고 있다.

"안녕하세요, E&T 유저 여러분. 여러분의 여동생 담비입니다. 제가 이렇게 급히 달려온 곳은 어딜까요? 예, 바로 바미안 영주성입니다. 놀라운 골렘 오너가 등장한 장소입니다. 짜잔, 일타─삼피!!"

잠시 외성의 잔해로 그림이 전환되었다 돌아왔다.

"전투 잔해는 찾아볼 수 없는 가운데 내성은 이틀째 개방되지 않고 있습니다."

그렇다.

그녀는 귀여운 외모를 앞장세워 매일 접속자를 늘리고 있는 인터넷 개인 방송업자 중 한 명이다. 주로 E&T 세계 곳곳을 누비며 소개하는 탐방 프로를 진행한다.

나름 경쟁이 치열한 분야에 종사하고 있다 하겠다.

"바미안 영지, 영주가 바뀐 지 이틀째. 많은 유저들이 이곳을 방문하고 있지만 기초적인 편의 시설을 이용하지 못해 큰 불편을 겪고 있습니다. 저도 빨리 새로운 바미안의 영주님을 만나 골렘을 탈취한 과정과 운영 전술에 관해서 이야기를 듣고 싶은데… 바미안의 영주님, 보고 계시죠?!"

그녀는 귀엽게 두 손을 모아 허물어진 내성 문에 대고 외쳤다.

"지금 이 방송을 보고 계신다면 어서 빨리 내성 문을 열어 주세요. 귀여운 여동생을 둘 수 있는 절호의 기회입니다!"

그러곤 다시금 한쪽 눈을 깜빡였다.

매력 발산!

당연히 보고 있을 것이라는 확신 없이는 어려운 제스처.

그러나 무너진 내성 문을 두른 결계는 좀체 풀리지 않았다.

담비라는 유저가 머쓱할 정도로 결계가 풀리지 않자 구경 나온 유저들이 야유를 보내며 사냥터로 이동하려 했다.

인기가 많은 만큼 안티도 많은 그녀다.

여하튼 방송을 구경 나온 갤러리들은 한 이백은 됨직했다.

담비라는 여성의 양 볼이 부풀어 올랐다.

그녀의 상태창에 방송 조회수가 평균 1,000대에서 800대로 떨어지는 게 실시간으로 올라오고 있었다.

'날 물먹였다간 어떻게 되나 봐라. 회원수 이만을 보유한 인터넷 방송인의 힘이 어떤지 확실히 보여주겠어.'

마음속 협박이 통했나.

내성을 두른 결계가 열어지면서 내성 안쪽에서 한 기의 골렘이 등장했다.

구우우웅― 크긍!

주저앉은 성문 잔해를 보란 듯이 두 손으로 헤쳐 통로를 개척하기 시작했다.

푸스스.

돌가루가 날려 담비라는 유저를 덮쳤다.

"갸악―! 헥헥―!"

그녀는 황당한 얼굴로 멀찍이 물러나야 했다.

위협적인 골렘이 갑작스럽게 일으킨 먼지 세례는 그녀가 방송 생활을 시작하고 받아본 최초의 수모였다.

'뭐야? 아유~ 짜증나. 이 바미안 영주는 얼치기 악당임에 분명해. 얼떨결에 영주가 되었다는 게 그냥 빈말이 아냐. 내가 이 사실을 전 유저들에게 퍼뜨릴 거야. 방송인을 뭘로 보고 이따위 먼지 세례야? 흥!'

마음속의 꿍심을 숨기고 방송 장비 앞이라 태연한 척 생글방글 행동했다.

"어머나, 친절하게 길을 개척해 주셨습니다. 그럼 담비, 들어갑니다."

그녀는 골렘이 개척해 놓은 길을 따라 바미안 내성 안으로 진입했다.

잔해를 치워준 골렘 안에 누가 있는지는 신경 쓰지 않았다.

그녀는 한 개인이 영주가 되었다는 말 자체를 믿지 않았다.

증명하기라도 하듯 이미 표지석에서 트라이엄프 클랜이라고 미등록 결사의 존재를 확인했기에 골렘을 움직이고 있는 골렘 오너가 바미안의 신임 영주라고는 추측조차 할 수 없었다.

그녀는 방송 스텝들을 선동해 내성의 전경을 담기에 바빴다.

"자, 주인이 바뀐 내성은 어떻게 바뀌었을까요? 이 근동에서 많은 유저들이 찾던 장소였는데 제일 먼저 유저들이 세일 많이 이용하는 상가부터 찾아가 보겠습니다."

상가를 담은 영상이 인터넷 방송을 타고 퍼져 나갔다.

내성에 진입하자 현재 프로를 보는 유저의 수가 2천 명에 달했다.

'흐흥, 이제야 조금 방문자가 늘었군. 좋았어.'

"어머나, 상가가 깔끔하게 정비되어 있습니다. 근데 많은 상가가 주인을 기다리며 문이 잠겨 있군요. 안타깝습니다. 아, 저기 문이 열린 잡화점이 하나 있군요. 뭐가 있는지 한번 들어가 보겠습니다."

열린 상점이 있자 시청 인원 200이 늘어 2,200명이 방송을 보고 있다는 집계치가 떴다. 그녀는 더욱 고무되었다. 실시간으로 집계를 볼 수 있다는 게 그녀를 프로에 몰입할 수 있게 하는 원동력이다.

"바미안 내성에 유일하게 열려 있는 상점입니다. 제일 큰 상점인데 그런 만큼 유저들이 원하는 물품들이 있을까요?"

"……!!"

방송 화면엔 대도시 대형 길드 매장에서나 취급하는 상급의 상품들이 주르륵 전시되어 있자 담비는 과장된 기성을 질렀다.

"갸악! 홀로 열린 상점치고는 구색이 잘 갖추어져 있네요. 이 상점에선 어떤 다른 서비스를 하는지 알아볼까요? 포션 끼워 판다는 판촉 문구도 없고……."

담비는 약간 심통스러운 표정을 지었다.

"이거 독점이라는 걸 내세워 배짱 영업을 하겠다는 거군요. 이러시면 많은 유저 분들이 바미안 영지를 외면할 텐데요, 근시안적인 생각에 안타깝습니다."

담비라는 유저는 상가의 물품이 예상보다 잘 갖추어져 있자 엄한 곳에서 티끌을 찾았다.

근데,

"저, 저건… 카메라 집중!! 저기 정말 파편의 무구가 있습니다."

담비의 말이 빨라지며 소리가 커졌다.

"저 상점에선 파편의 무구 서비스가 이루어지고 있습니다. 파편의 무구가 저기 있어요. '파편의 무구가 선착순 백 명에 한해 소켓 분리 서비스를 합니다' 라고… 히야—"

판촉 문구는 그게 다가 아니었다. 그것은……

"잠깐, '파편의 무구가 소켓을 하나 더 늘려 드립니다. 6소켓에서 7소켓까지 20골드, 7소켓짜리를 8소켓으로 50골드, 8소켓짜리를 9소켓짜리로 100골드, 9소켓짜리를 10소켓으로 500골드'. 저, 정말일까요? 이 담비, 직접 실험해 보겠습니다."

방방.

그녀는 흥분한 나머지 파편의 무구라는 단어를 연속해서 크게 되뇌었다.

순간 방송 수신자가 폭증하기 시작했다.

게임을 하면서 두세 개의 방송을 열어놓고 플레이하는 유저들이 부지기수라 가능한 일이었다.

'앗, 일만을 돌파했다. 꺄악— 어쩜 좋아.'

일만에 달하는 유저들이 방송을 보기 시작했고, 그 수치는 증가 일로를 걸었다. 일만 이천, 일만 오천……

'이, 이럴 수가……. 이게 파편 무구의 힘인가? 이쉬!'

담비는 미모를 팔아 여기까지 성장할 수 있었는데 일개 아이템이 자신의 최대 조회수를 가뿐하게 이끌어내자 심통이 일 수밖에.

"그, 그럼 본 기자가 파편의 무구 서비스를 제일착으로 시도해 보겠습니다."

그녀는 파편의 무구가 있는 매대로 빠르게 걸어갔다.

혈색 좋은 테이머 지오 캐럭이 담비를 맞아들였다.

"안녕하세요, 바미안의 형제 상점입니다."

"소켓 늘리기 서비스를 받을까 합니다."

"파편 무구 서비스를 받으시려면 번호표를 받아 줄을 서셔야 합니다."

"에, 번호표? 줄?!"

"번호표는 내성 문 입구에서 나누어 주고 있습니다."

"아니, 제가 일착으로 내성을 넘어왔다고요."

"번호표를 나누어 준다고 불러도 그냥 가시더군요. 다시 가서 번호표를 받아오십시오."

"그러지 말고……."

"규칙입니다."

"아잉～ 방송인데……."

"방송이니까 규칙을 지켜주십시오. 그렇지 않으면 상가 추방을 실시합니다."

"…알겠어요."

그녀는 최대한 표정 관리를 한 상태에서 다시 내성 쪽으로 뛰어야 했다. 이 모습이 방영되는 것은 두말할 나위 없다.

그러자 일만을 넘던 조회수가 주르륵 빠져나가는 게 아닌가.

빠직, 이럴 순 없다.

'흥, 뭐, 이런 상점이 다 있어? 이 담비님을 이렇게 물 먹이다니. 바미안 영지, 두고 보라고.'

그녀는 내성 문앞에서 거북이 등껍질을 나누어 주는 네크로 지오를 찾을 수 있었다. 그녀가 내성 문에 들어서자마자 그가 급히 부르던 기억이 그제야 떠올랐다.

"번호표 주세요."

"여기 있습니다."

핼쑥한 안색에 서늘한 표정의 네크로 지오에게서 번호표를 건네받은 담비는 고개를 갸웃거릴 수밖에 없었다.

'잘못 보았나?'

상점 안에 있던 캐릭과 너무도 닮았기 때문이다.

단지 매대에서 자신을 면박주던 캐릭의 건강한 모습과는 절대적으로 대비될 따름이다.

그녀는 의구심을 지우고 거북이 등껍질에 적힌 번호를 확인했다.

99번!

그녀는 자신도 모르게 기성을 질렀다.

"아잉, 이게 뭐야? 날 뭘로 보고. 앗!"

멘트가 방송 사고 수준이지만 개인 방송은 원래 그 재미에 보는 거니 유저들은 이해하는 편이고, 담비 역시 이젠 제법 경력도 쌓여 상황 전환이 매끄럽다.

"침착, 침착. 자, 그럼 서비스를 받기 전에 바미안의 주인 공인 골렘을 취재해 볼까요? 그럼 골렘 주기장으로 이동해 보겠습니다."

그녀는 억지웃음을 지으며 오 인조로 구성된 방송 팀을 이끌고 골렘 주기장으로 향했다. 골렘 주기장은 두꺼운 천으로 내부가 가려져 있었다.

천을 들추고 내부로 들어서려는데,

"관계인 외 출입 금지입니다. 돌아가 주십시오. 골렘 부품이 고가에 수리 중이라 양해해 주십시오."

"저희 방송인이라고요."

"개인 방송인을 언제부터 방송인이라고 불렀습니까? 물러나 주십시오."

"나참, 뭐, 이런……."

그녀는 모욕감에 그만 욕이 나오려는 것을 간신히 삼켰다.

그리고 자신을 제지한 눈두덩이에 다크 서클이 선명한 유저의 얼굴에 또다시 갸웃거리며 물러났다.

'뭐야, 또 이곳엔 비슷한 사람이 왜 이렇게 많은 거야? 분위기만 다르지 벌써 세 명째라니…….'

그녀는 고개를 갸웃거리며 주기장 옆에 붙어 있는 대형 대장간으로 향했다.

"어머나, 이곳에 유저 메이드 대장간이 있군요. 어떤 서비스가 되는지 알아보지 않을 수 없죠. 자, 그럼, 슝슝—"

그녀는 다시 최대한 귀여운 모드를 유지하며 골렘 주기장 옆의 헉스가 차려놓은 대장간으로 향했다.

그곳엔 헉스의 지시를 따라 풀무질과 모루 위로 망치질을 하는 세 명의 유저가 있었다.

엘레멘탈 리스트 지오, 다크 엘레멘탈 리스트 지오와 메이지 지오였다.

지오들은 골렘 장갑 조립에 필요한 볼트를 만드는 일을 직접 해보는 중이었다.

담비는 헉스의 대장간에서 또다시 비슷한 얼굴의 지오들이 망치질을 사이좋게 하고 있는 것을 보고는 그만 소리를 지르고 말았다.

"버그 캐릭… 버그다—! 버그 잡았다."

누님, 그 버그 아니거든요?

*   *   *

방송은 잠시 비슷한 얼굴의 캐릭들을 담기 바빴다.

"헤헤, 멀티 트레이너였군요. 재주가 비상한 분이 바미안 영지에 계십니다. 무슨 특별한 비법이 있을까요?"

한 사람이 여러 개의 캐릭을 돌리는 멀티 트레이너는 그리 놀라운 게 아니다. 그럼 왜 담비라는 방송인이 당황한 것인가.

바로 그렇다.

한 공간에 여러 캐릭을 운용하는 것은 흔하다. 아주 흔하다.

그러나 상가와 성문 입구, 골렘 주기장, 그리고 대장간까지. 이렇게 서로가 보이지 않는 상태에서 캐릭을 운용하는 것은 다 같은 멀티 트레이너라고 해서 다 되는 게 아니다.

또 거리는 얼마나 떨어져 있나.

"바미안 영주님에게 재주가 비상한 유저들이 모여 있음을 확인했습니다. 대단합니다."

담비는 진심으로 지오의 능력을 칭찬해 마지않았다.

'아웅, 이 정도면 어떤 작업장에서든 시급 만 원은 받겠지? 부럽다.'

그런 거였다.

방송은 잠시 지오 캐릭들을 중심으로 진행되었다.

지오는 방송에 자신이 너무 부각되자 이래서는 안 되겠다는 생각이 들었다. 번호표를 나누어 주던 네크로 지오를 움직였다.

"담비님, 앞 번호를 가지신 분이 방송을 위해 순번을 양보했습니다. 여기 8번입니다. 어서 빨리 상가로 가보십시오."

"어머나, 감사합니다. 양보해 주신 유저 분, 열렙하고 득템

하세요."

'흥, 보라고. 내 팬들이 나를 알아서 위한다니까.'

말관 달리 이런 생각으로 번호표를 잽싸게 챙겨 넣는 담비
다.

그녀는 번호표를 건네준 네크로 지오에겐 단 한마디의 감
사도 표하지 않고 팀들을 이끌고 쪼로록 사라졌다.

지오는 어의가 없었다.

"뭐, 저런 왕재수를 보았나. 거참."

담비는 상가에 도착하자마자 심판의 검 앞에 자리를 잡았
다.

조회수가 천천히 오르기 시작했고, 그에 그녀는 고무되었
다.

'좋았어, 이번에 이 몸의 미모와 아이템빨로 피크치를 넘
기는 거야. 조횟수 4만, 고고.'

"저에겐 여러분도 잘 알고 계시는 '바람의 숨결' 목걸이가
있습니다. 무려 소켓이 9개나 뚫려 있는 초 에픽 아이템입니
다. 그럼 여기서 소켓을 10개로 늘릴 수 있는지 시도해 보겠
습니다."

담비는 푸른 보석이 가득 박혀 있는 목걸이를 화면 정면에
보여주며 두근두근한 표정을 지어 보였다.

조회수가 급증하기 시작했다.

"자, 그럼, 소켓을 늘려주세요."

담비는 심판의 검 손잡이에 붙어 있는 검은 구슬에 보석 목걸이를 가져다 댔다. 그런데 어떤 효과도 일어나지 않았다.

담비는 뚱한 눈으로 상점을 지키는 테이머 지오에게 물어왔다.

"응? 왜 소켓이 안 생기는 거죠?"

테이머 지오가 무뚝뚝하고 냉랭하게 대답했다.

"10번째 소켓을 파는 데는 안내문에도 쓰여 있듯이 500골드입니다."

"에에, 500골드… 이봐요, 이건 방송이란 말예요."

"방송이면 공짜라는 법이 어디 있습니까? 기다리는 사람 줄 섰으니 그만 물러나세요!'

'나참, 이 누님 안 되겠네. 안하무인에 몰상식하기까지. 소켓 서비스를 하기까지 이 몸이 2개월간이나 감금 생활에 갖은 고생을 했는데, 어딜 날로 먹으려고. 이래서 방송인은 피곤하다니까.'

그랬다.

지오는 방송의 힘을 빌려 반아바타르 유저들을 모아볼 생각으로 직접 골렘을 타고 마중 나갔다가 담비 일행의 행태에 실망만 잔뜩 품고 말았다.

지금도 그 식이다.

돈을 주고 서비스를 이용하는 일반 유저들의 사정은 네버 안중이잖은가.

'어차피 이판사판, 공짜는 없다. 암!'

테이머 지오가 고집스럽게 입을 꾸욱 다물고 물러가라는 턱짓을 담비에게 보냈다.

"아……."

사건이 일어나지 않자 조회수가 주르륵 미끄러 내리기 시작했고, 이에 담비는 속이 탔다.

'으앙— 뭐, 이런 멍게, 해삼, 말미잘 같은 게! 좋아, 두고 보라고.'

급히 팀원들에게 눈치를 보내 가지고 있는 돈을 모아보았다. 그러나 늘 함께 공짜로 이벤트며 서비스를 누리던 팀원들에게 돈이 있을 턱이 없다.

시간을 지체하자 번호표를 들고 서 있는 유저들 틈에서 작은 야유가 튀어나오기 시작했다.

"우—"

담비는 얼굴이 벌게졌고 눈에는 물방울이 그렁 맺혔다.

지오는 당황했다.

'앗! 이러면 안 되지. 난 아무래도 마음이 모질지 못해.'

"험험, 기다리는 유저들을 생각해서 한번만 양보해 드리겠습니다. 서비스를 받으신 다음 아이템을 맡긴 후 돈을 들고 와서 찾아가십시오."

"에……."

서비스받은 물건을 예치하라니… 무슨 전당포도 아니고.

이는 담비에겐 또 한 번의 크리티컬 히트. 하지만 조회수를 위해.

"…감사합니다."

담비는 눈물이 쏠리는 것을 간신히 참으며 테이머 지오가 제시한 중재안을 받아들였다.

돈 없으니 가보라고 내치지 않은 게 천만다행이었다.

담비는 지오의 마음이 변하기 전에 빨리 방송을 마치고 싶었다. 표정을 생글생글 만들어내며 목걸이를 들어 보였다.

"자, 그럼 이 담비가 소켓 늘리기 서비스에 도전합니다. 3, 2, 1. 늘어나라—!"

화라랏—

심판의 검에서 검은빛이 나며 푸른색 목걸이에 스며들었다.

검은빛이 사라지고 나자 빈 소켓이 선명하게 파여 있는 것이다. 9소켓짜리가 10소켓이 된 것.

"오—!!"

스탭들이 알아서 탄성을 지르며 새로운 파편 무구 서비스에 대한 인정을 했다.

"꺄— 정말입니다. 9소켓 목걸이가 10소켓으로 늘어났습니다. 아이~ 좋아라."

담비는 조금 전의 울상이던 표정을 날려 버리곤 상점 안에서 두 다리를 팔딱거리며 뛰었다.

10소켓짜리가 E&T 게임상에서 처음으로 탄생한 것이기에.

거기 어디라고요?
나도 8소켓짜리 방패 있는데 이참에 하나 더 파야겠네요.
예약이요, 예약!!

순간 방송 조회수가 4만을 돌파한 것은 두말할 나위 없다.
소켓 분리 서비스뿐 아니라 소켓 생성 서비스가 가능한 아이템이 방송을 타고 E&T 유저들 사이로 번져 나갔다.
'쩝, 얼치기 방송이지만 이걸로 모험가들이 많이 방문해 주었으면 좋겠는데.'
지오의 희망은 이처럼 소박하다. 그리고,
"담비님, 목걸이는 두고 가셔야죠."
"히잉~ 너무해."
지오는 스리슬쩍 사라지려는 담비에게서 목걸이를 냉큼 가로챘다.
'10소켓짜릴 만들었으면 응당한 대가를 치러야지, 암.'

*   *   *

"자, 이제 소켓 늘리기 서비스도 받았고, 다시 신임 영주님을 만나 이야기를 들어보도록 하겠습니다."

담비는 방송 역사상 제일 많은 방송 사고를 저지른 날이지만 씩씩하게 방송을 계속했다.

그래서인가, 현재 10만의 유저들이 이 방송을 생으로 보고 있었다. 담비는 고무되었고, 드디어 깨달았다.

방송은 사고다!

담비는 작정하고 영주관으로 향했다.

"바미안의 영주님, 여동생 담비가 왔어요. 만나주실 거죠?! 저에게 영주성 구석구석을 소개해 주셔야죠."

그녀는 최대한 애교를 떨었다.

그러자 영주실로 추정되는 넓은 이층 베란다를 통해 선이 고운 한 인영이 나타났다.

인영의 품엔 꽃들이 가득 꽂힌 백색 자기 화병이 그림처럼 안겨져 있다. 그녀는?

귀부인틱하게 차려입은 미요였다.

미요가 걸친 하늘거리는 활동적인 노란색 드레스는 유저 메이드 명품. 물론 가상 세계에서 걸친 옷으로 시선을 잡아당길순 없다. 하지만······.

그렇다, 자태가 장난이 아니었다.

장난기 넘치는 모습은 온데간데없고 한 폭의 우아 덩어리로 화해 있었으니··· 한 폭의 판타지 화보라!

그런 그녀를 담비는 어리둥절한 표정으로 올려다보았다.

'응? 바미안의 영주는 남자라고 알고 있는데?'

이런 담비를 미요는 최대한 정중한 어투로 상대했다.

"영주님은 아주 바쁘시답니다. 용건이 있으면 저에게 말씀해 주세요."

"…예?! 그런데 그러시는 당신은 누구시죠?"

"제가 바로 바미안 영주 부인입니다. 레.이.디. 미요미요라 불러주세요."

"영주 부인? 레.이.디?"

순간 두 여성 사이에 묘한 신경전의 기류가 흘렀다.

'저 옷은 몸매 되는 리얼 모드 유저에게만 판다는 '앙도로긴'의 부띠크 의상. 아, 우아하다.'

'요것이, 아이템도 바르지 않고 저 정도 미모를 뿌리다니… 지오 오빠에게 접근하게 할 순 없다. 자청해 영주 홍보를 맡길 잘했어!'

그렇다, 둘은 서로의 진가를 알아보았다.

첫눈에 서로의 미모가 리얼 모드임을 알아채고는 눈빛을 사납게 나누었다.

"그럼 들어가서 이야기하면 안 될까요, 레이디 미요?"

"흠, 글쎄요. 아직까지 외부인 출입 금지 구역이라… 한 가지 조건만 충족되면 들어올 수 있습니다."

"그게 뭐죠?"

"부군 되시는 분이 급하게 영주가 되다 보니 제 몸단장을 거들어줄 메이드가 없답니다. 그래서 일주일간 메이드가 된다면 들여보내 드릴 수 있답니다."

"…저, 저보고 메이드를 하라고요?"

"제 권한으로 영주관에 들일 수 있는 사람은 제가 고용할 수 있는 하인이나 하녀뿐이랍니다. 게임 설정이 그렇잖아요. 너무 없잖아 마세요."

"아니, 정말……."

"왜요? 취재를 위해서라면 못할 게 없잖아요? 뭘 새삼스럽게 반응하시죠?"

취재를 위해서는 뭐든지 할 수 있었다. 가상의 세계니까.

그러나, 그러나 말이다… 메이드로 자신을 고용하겠다니!

상상도 할 수 없는 일.

게다가 미요의 조롱기가 다분한 눈빛에 담비는 그만 폭발하고 만다.

"씽, 한 달 뒤면 없어질 영지 주제에… 바미안 영주, 콱 망해라!"

"어머나! 고운 얼굴에서 그런 거친 말이 나오다니. 아, 어질해라."

미요는 담비의 반응에 깜짝 놀랐다는 표정과 함께 크게 충격받은 듯이 가늘게 비틀거렸다.

툭—

가슴에 품은 커다란 화병이 난간에 걸쳐지며 아래로 엎질러졌다.

츄악—

"갸악—!"

물벼락을 뒤집어쓰고 마는 담비.

"어머나, 제가 험한 말을 들으면 손에 힘이 빠져서… 현기증이… 그만……."

그렇게 물을 끼얹은 미요는 무안한 듯 건물 내부로 총총히 사라졌다.

담비는 엉망이다. 머리칼에 묻은 먼지가 물을 먹자 땟물 같은 누런 물이 되어 얼굴을 타고 흘렀다. 베란다를 올려다보았지만 상대는 사라지고 없다. 누가 보더라도 상대는 자신의 폭언에 충격받은 모습이었다.

"이잇! 여우 같은 것이……."

잇따른 방송 사고에도 영상은 그대로 인터넷을 통해 흘러나갔다.

이 순간 담비가 출연한 탐방 프로 중 최고의 조회 피크치를 기록하고 만다.

조횟수 삼십만 돌파!

그 주의 블랙 저널리즘상 수상!!

물론 미요의 팬카페도 만들어졌다.

E&T의 떠오르는 우아청초한 미인으로.

아— 여리디여린 레이디, 그녀의 이름은 미.요.

이 주의 가상 미인 등극하다!

이봐, 미요. 숫기없는 나 대신 방송인을 접대해 바미안 영지를 홍보하겠다더니, 물벼락도 홍보라고 하는 거야?

뭐 하는 짓이야!

···하지만, 멋졌어·······.

*   *   *

"풋—"

미요가 화병에 든 물을 담비라는 방송인에게 끼얹는 것까지 모두 지켜보았다.

담비라는 방송인, 내가 인터뷰에 응하려고 직접 골렘을 타고 건물 잔해를 치워주었는데 개무시하고 들어가 버리더니 꼴 좋군.

오옷— 방송 조회수 올라가는 거 봐라?! 장난 아닌데.

반응이 폭발적이었다. 담비라는 인터넷 개인 방송업자 덕에 바미안 영지가 모험가라면 한번은 찾아오는 명소가 되어 버렸다.

그런데 미요가 공개적으로 영주 부인이라 밝힐 줄이야.

에혀, 어쩌겠어. 그런 누님이니·······.

새로이 생성된 영주창을 열어 가신단 인선을 확정지었다.

"영주창."

두둥.

웅장한 북소리가 퍼지며 전에 없던 상태창이 나타났다.

Lord

바미안의 영주, 매서커 지오.

영주 레벨:1   영주 포인트:1□□

영주:매서커 지오.

영주 부인:미요미요.

나이트:골든보이, 헉스.

비숍:일단, 메이지 지오.

룩:멘탈리스크 지오, 다크 멘탈리스크 지오.

폰:네크로 지오, 테이머 지오, 다크 메이지 지오, 돈이 좋아, 달러가

　좋아, 앙마 소리, 퀵 솔로.

가신단의 구조는 체스에 기초해 있었다.

여기서 '돈이 좋아' 와 '달러가 좋아' 는 엄씨 형제들의 장
사 캐릭들이다. 대도시를 오가며 장사를 하려면 명단에 올려
놓아야 했다.

그리고 '앙마 소리'와 '퀵 솔로'는 트라이엄프 클랜의 소리 누님과 솔로 형의 신 캐릭들이다. 이들이 날 돌봐준 만큼 이들이 거부해도 돌봐주고 싶어서 명단에 올렸다.

Lord

바미안 영지의 일차 가신단 명단이 완성되었습니다.

승인하시면 이들에 한해서 던전 이용과 영주관 출입, 게이트 이용이 자유로워집니다. 가신단에 등록된 유저에게 부여받은 영주 포인트를 수여할 수 있습니다. 한번 정해진 가신단은 한 달간 수정되지 않습니다. 가신단을 승인하시겠습니까?

옙!

짜잔—!!

바미안의 가신단 인선이 완료되었습니다.

인사가 만사입니다.

영주 레벨이 올랐습니다. 영주 레벨 2입니다.

유보된 영주 포인트는 현재 200포인트입니다. 영주 자신을 위해서

오, 가신단 인선을 마치니 영주 레벨이 올라가는구나.

영주 레벨을 올리는 방법에 대해선 알려진 게 아무 것도 없다.

몹을 잡아야 성장하는 게 아니다.

Part 2의 맛뵈기로 등장한 클래스가 영주인지라 어떻게 영주 레벨을 올릴 수 있다는 정보도 비밀 중의 비밀이다.

현재 영주들 대부분이 거대 길드의 운영위원들이기에 그렇다.

나 같은 개인 영주는 내가 유일하다.

나는 우선 소리 누님꾀 솔로 형에게 보너스 스텟 100포인트씩 수여했다.

나, 말리지 마.

그러자,

응?! 지오야, 이게 뭐냐? 나한테 스텟 포인트가 100이나 넘겨도 돼?

아, 소리 누나, 지금 많이 갑갑하시죠?

…응, 많이.

그거 영주 포인트로 부여받은 보너스 스텟 포인트예요. 제가 영주 직에서 퇴출되면 사라지는 포인트니까 한 달간 레벨업 하는 데 도움될 겁니다.

아우, 신기한 메인 클래스네. 여하튼 감동 먹었다. 남편이 너처럼 배려심 깊으면 얼마나 좋을까. 휴— 사실 다른 게임으로 옮기려 했는데 이렇게 되었으니 한 달간 멋지게 키워볼게. 한 달이라… 한번 간 길이니 그리 어렵지 않을 거야. 게임 초에 이 정도 포인트면 '치트키' 수준이지. 재잘재잘… 잘잘잘.

10분간 이어졌다. 얼마나 답답했는지 구구절절했다.

누나, 힘내세요! 같이 수다 떨어야지요.
깔깔깔. 기다려, 두 귀를 관통시켜 버릴 테니까.
이 누님마저… 여하튼 달리자고요.

한 시간 뒤, 솔로형의 간단한 메시지가 도착했다.

출세하더니 나는 잊은 줄 알았다. 잘 키울 테니까, 기댕겨!
같이 아작을 내자고, 일타삼피!

그답게 간단했다. 하지만 무려 세 마디 이상 하신 걸 보아

고마워하는 게 느껴졌다.

간혀 있는 나에게 오러를 무기에 담는 방법을 은근슬쩍 면박주며 가르쳐 준 분이 솔로 형이다.

결코 가볍지가 않은 것이다.

"흐음, 가만가만. 한 달간 영주 레벨을 올리는 게 오히려 낫지 싶은데. 어떻게 해야 영주답지? 이럴 줄 알았으면 판타지 책 좀 읽어두는 건데……."

가상 세계에선 언제 어떤 일이 일어날지 모른다.

고로 판타지 책을 열심히 읽어놓기를 권한다.

『기갑전기 매서커』 4권에 계속…

PART I　　SKELETON LOR

보스 몹 컨셉화　　[스켈레톤 로

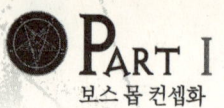

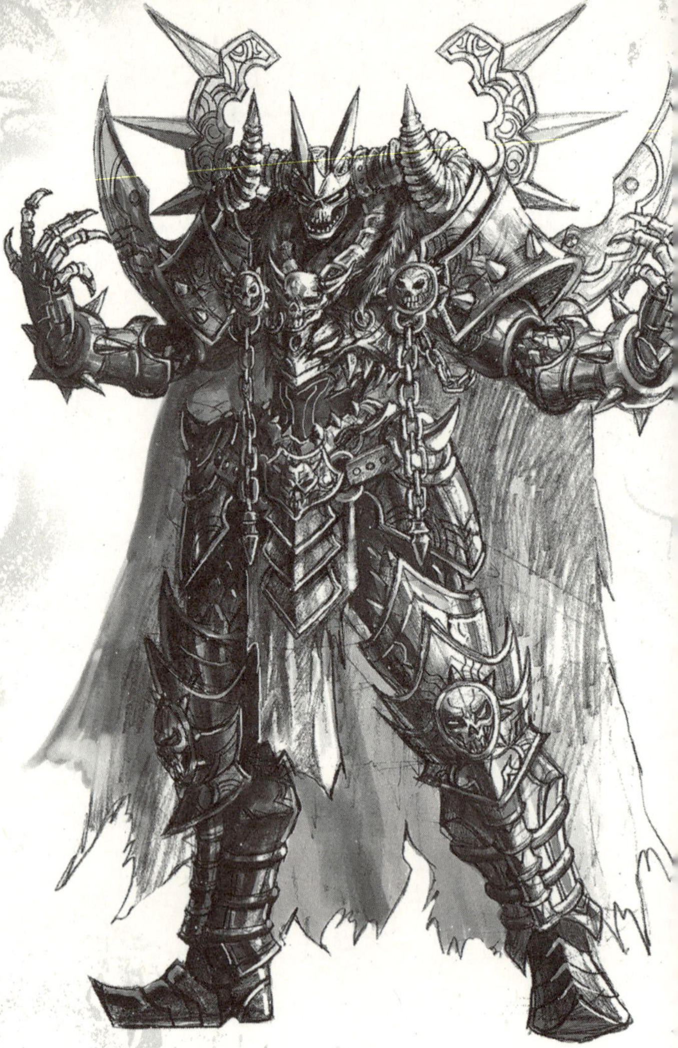

"크르르… 타르타로스의 향기가 진동하는구나.
유저인들이여, 불사의 군단을 맞이하라!! 카카카―!"

광기, 절망, 죽음, 공포!

Rough Sketch - Yu

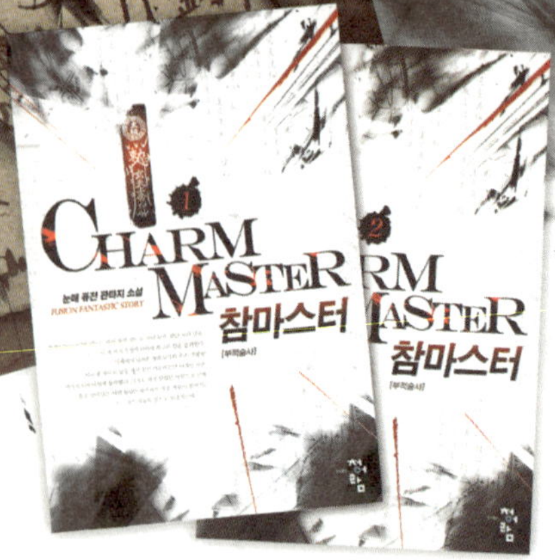

Book Publishing CHUNGEORAM

청운하 新무협 판타지 소설

백팔번뇌
百八煩惱

세상은 날 버렸다,
나 또한 세상을 버렸다.

神이 선택한 그들이 흘린 쓰레기를…
난 그저 주워 먹었을 뿐이다.
그러므로 난 여전히 배가 고프다.

일류(一流)가 되기 위해서라면…
난 기꺼이 신마저 집어삼킬 것이다.

유행이 아닌 자유추구 -
WWW.chungeoram.com

Book Publishing CHUNGEORAM

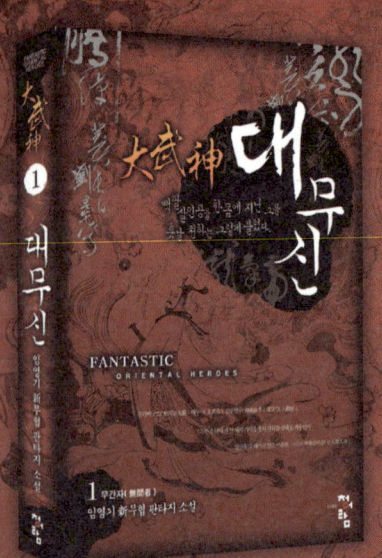

백팔살인공을 한 몸에 지닌 그를
훗날 천하는 그렇게 불렀다.

대무신 大武神

임영기 新무협 판타지 소설

무간백구호(無間百九號). 태무악(太武岳).
신풍혈수(神風血手). 대살성(大殺星).

고독한 소년이 세 살 때의 기억을 좇아
천하를 상대로 싸우면서 열아홉 살 때까지 얻은 이름들.
그리고 백팔살인공(百八殺人功).

大武神

백팔살인공을 한 몸에 지닌 그를 훗날 천하는 그렇게 불렀다.

유행이 아닌 자유추구 -
WWW.chungeoram.com

Book Publishing CHUNGEORAM